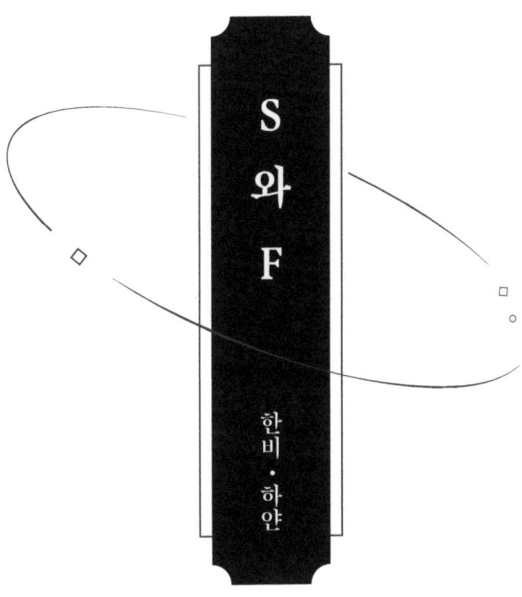

S와 F

초판 1쇄 발행 2023년 11월 15일

지은이 한비·하얀
펴낸이 장현수
펴낸곳 메이킹북스
출판등록 제 2019-000010호

표지 제작 하와

디자인 최미영
편집 최미영
교정 강인영
마케팅 김소형

주소 서울특별시 구로구 경인로 661, 핀포인트타워 912-914호
전화 02-2135-5086
팩스 02-2135-5087
이메일 makingbooks@naver.com
홈페이지 www.makingbooks.co.kr

ISBN 979-11-6791-453-8(03810)
값 16,800원

ⓒ 한비·하얀 2023 Printed in Korea

이 책은 2023 경기 청년 갭이어의 지원으로 제작되었습니다.
잘못된 책은 구입하신 곳에서 바꾸어 드립니다.
이 책의 전부 또는 일부 내용을 재사용하려면 사전에 저작권자와 펴낸곳의 동의를 받아야 합니다.

* 책 표지 및 내지에 삼국지3체가 사용되었습니다. 내지 부분 마포꽃섬체가 사용되었습니다.

홈페이지 바로가기

메이킹북스는 저자님의 소중한 투고 원고를 기다립니다.
출간에 대한 관심이 있으신 분은 makingbooks@naver.com로 보내 주세요.

목차

06	62
별의 흐린 약속	유전자와 회로의 운명

별의 흐린 약속

i

"꼭 장례를 치르는 것 같아요."

연구원 두 사람이 냉동 캡슐 안을 바라봤다. 그곳에는 한 노인이 눈을 감고 있었다. 사수로 보이는 남자가 옆에 있던 연구원을 툭 치며 핀잔을 주었다.

"말조심해. 이렇게 누워 있어도 고객은 고객이야."
"그렇지만⋯. 이렇게 늙은 사람은 또 처음이네요."
"네가 아직 일한 지 얼마 안 돼서 그래. 자주는 아니지만 나이를 지긋하게 먹은 사람도 왕왕 의뢰하곤 하지. 물론 이 할머니는 내가 본 사람 중에서도 최고령이긴 하다만."

삐-, 삐-, 바이탈 사인이 점점 소리의 간격을 넓혀 가다 이내 한 줄의 음으로 수렴되었다. 남자 연구원이 숨을 몰아쉬고는 캡슐을 벽으로 밀어 넣었다. 모니터를 보며 무언가를 받아 적던 다른 한 연구원이 의뢰지를 다시 한 번 확인했다.

"719년 3개월 21일 설정 완료했습니다."
"이 사람이 의뢰를 신청한 지 벌써 8개월이나 지났구만."
"그러게요. 다시 봐도 놀라운 숫자네요. 720년이라니."

연구원은 자신이 말하고도 믿을 수 없다는 듯 한참 동안 의뢰지를 바라보았다. 이름, 나이, 의뢰 사유 등 대부분이 비공개에 부친 문서에 의뢰 기간 720년이라는 숫자만이 정확하게 기재되어 있었다. 찝찝함이 가시질 않던 연구원은 곰곰이 생각하다 입을 열었다.

"720년이면…. 너무 불확실하잖아요. 720년 후에 깨어나야만 하는 이유가 도대체 뭘까요?"
"낸들 알겠니? 막말로 720년만 불확실하게? 그동안 저 노인의 몸으로 냉동 상태를 얼마나 버틸 수 있을지, 720년 후에 이 회사가 존재할지마저도 전부 불확실해. 저 할머니도 알걸? 자신이 벌이는 일이 얼마나 의미 없는 건지. 다른 곳에서 다 거절당하고 돈에 눈이 먼 우리 회사만 자신을 받아줬다는 것도."

 남자 연구원은 쓸데없는 이야기는 그만하라며 말을 쏟아부었다. 두 연구원의 뒤로 한쪽 벽면을 가득 메운 캡슐들이 기계음을 내며 돌아가고 있었다. 마지막으로 설정 온도 -196℃를 확인한 연구원들이 보관실을 빠져나왔다. 20cm 두께의 철문이 무겁게 닫히는 소리가 들려왔다. 복도를 앞장서 걷던 남자 연구원이 입을 열었다.

 "왜 그런 거 있잖아. 가능성이 희박한 일이라도 하지 않으면 버틸 수 없는. 그 일말의 가능성이 가장 희망적인 사람들. 저 할머니도 별반 다르지 않겠지."

 알싸한 담배 향만 남긴 채 연구원들은 연구동 건물을 빠져나갔다. 더 이상 건물에 숨 쉬는 생명은 남아 있지 않았다. 얼음장 같은 소리를 내는 쇠로 된 기계와 신체 보존을 명목으로 죽음을 부여받지 않은 수많은 시체들만 가득했을 뿐이었다.

2

  한 노인이 오르락내리락하는 능선을 멍하니 바라보고 있었다. 손에는 편지가 있었다. 얼마나 필사적으로 쥐고 있었는지 편지의 모서리가 손금 사이로 맺힌 땀에 젖어 맥아리 없이 툭 떨궈졌다. 엄지손가락에 검은색 잉크가 묻어나오기 시작했다. 노인은 편지를 황급히 자신의 옆자리에 내려놓았다. 상체를 푹 숙이고 어디 한구석이라도 상할까 조심히 편지를 읽던 노인이 별안간 눈물을 터뜨렸다. 가빠져 오는 눈물을 쉴 새 없이 닦아내지만 섬유 곳곳에 스며든 눈물이 소매를 무겁게 만들뿐이었다. 저녁 7시, 공항으로 향하는 버스 안. 각각의 음악에 소리 없는 울음이 섞이고 있었다. 우주여행을 앞두고 묘한 긴장감과 설렘에 휩싸인 사람들. 그 사이로 유일히 비애에 젖은 한 사람이 있었다.

총소요 시간 352시간. 방송에서는 안전한 여행을 위해 정자세로 누울 것을 권고하는 음성이 흘러나왔다. 노인은 어딘가 긴장된 표정으로 기내를 둘러보기 시작했다. 승무원들은 승객들이 수면 캡슐에 적응하는 것을 보조하고 있었다. 멀리서 그 모습을 바라보던 노인이 제 차례가 오기도 전에 짐 가방에서 셔츠 한 벌을 꺼내어 옆으로 돌아누운 채로 수면 캡슐의 뚜껑을 닫았다. 셔츠를 코에 갖다 댄 채 한껏 웅크리고는 곧 깊은 잠에 빠졌다. 한발 뒤늦게 온 승무원이 노인의 자세를 바꾸기 위해 노인의 몸을 이리저리 돌려보지만 깡마른 몸이 왜인지 잘 움직이지 않았다. 승무원은 여전히 새우잠을 자고 있는 노인을 바라보며 한숨을 쉬더니 안전장치를 가동시켰다.

"괜찮으십니까?"

눈을 떴을 때 기내는 이미 한창 밝아 있었다. 오랜 수면으로 목구멍이 마른 노인이 기침을 켁켁 해대니 승무원이 다가와 물을 건넸다. 그러나 노인은 여러 번 침을 삼키고는 손사래를 치며 거절했다. 노인이 뻑적지근한

허리를 두들기며 자세를 바로 앉았다. 그리고 천천히 주변을 둘러보기 시작했다. 돌아서는 승무원의 뒤로 창밖을 가리키며 수군대는 사람들이 보였다. 덩달아 궁금해진 노인이 수면 캡슐 바로 앞에 있는 창문 덮개를 걷어냈다. 아주 작은 창문에는 담지 못할 우주가 넘치고 있었다. 다시금 눈가가 촉촉해진 노인이 셔츠를 품에 안고 힘겹게 일어나 조심스럽게 쓰레기 방출실로 향했다. 잰걸음으로 발을 옮기던 노인의 품에서 편지가 툭 떨어졌다. 편지를 주운 승무원이 이리저리 둘러보다 귀퉁이에 적힌 글자를 읊조렸다.

"가온에게…"

3

지구로 돌아온 것은 한별이 떠난 지 47년 만의 일이었다. 정확히는 한별이 불현듯 사라진 지 47년 만이었다. 실종은 어느 날 갑자기 시작되었다. 여느 주말처럼 함께

영화를 보다 잠이 들었다. 한별에게 밀려 소파 밑으로 떨어진 가온이 바닥에 찧은 엉덩이를 문지르며 자신의 방에 들어가 다시 잠을 청했다. 언제나 몇 시간 뒤 이불 속으로 기어들어 오던 한별이었기에, 그날도 그러하리라 생각했다.

창밖에서 들어오는 날 선 빛에 눈을 떴다. 허전한 옆자리에 한별을 찾았지만 집 안 그 어디에도 한별은 없었다. 기별 없이 사라질 한별이 아니었기에 안절부절못하며 거실과 방을 왕복하다 냉장고 문에 붙어 있는 쪽지를 발견했다. 샛노란 별 모양 쪽지에는 고향에 가겠다는 말만 적혀 있었다. 운석처럼 머리에 박힌 여섯 글자. 초토화된 머릿속을 다시 재건하는 데는 그리 오래 걸리지 않았다. 하지만 알맹이 없이 쌓아 올린 생각은 금방 다시 무너지기 시작했다.

한별은 부모가 없었다. 정확히 이야기하자면 부모가 누군지 알 수 없었다. 한별은 유전자 선택으로 태어난 아이였다. 한창 슈퍼 유전자 이슈가 있었을 당시 수많은 아이들이 암암리의 실험을 목적으로 축복받지 못한 채 태어나고 또 죽어나갔다. 한별은 그중에서도 성공한 유전자 배합으로 살아남은 아이였다. 하지만 실험자들의 기대에는 부합하지 못한 인물이기도 했다. 외모, 지능, 운동 신경, 성격 등 무엇 하나 빠지지 않은 완벽에 가까운 유전자로 태어났지만 그와 동시에 뿌리 깊은 인간 혐오가 배어 있었다. 실험자들은 한별에게 우월한 유전자를 주었다는 것을 면죄부 삼아 수많은 실험을 자행했다. 주기적으로 골수와 피를 뽑아 가기도 했다. 모든 것을 주고 다시 모든 것을 앗아가는 굴레 속에서 한별은 자신이 인간으로 태어났음에 굉장한 혐오감을 느끼기 시작했다. 타고난 성격이 있음에도 삽시간에 한별을 휘감은 혐오는 자해로 이어졌다. 한별은 그렇게 실패작이 되었다. 아이러니하게도 실패작 한별에게 주어진 것은 성공작 한별이 그토록 원했던 자유였다.

 그런 한별이 고향에 가겠다는 것은 말도 안 되는 일이었다. 한별에게 고향이라고 부를 만한 곳은 없었으며, 있다고 한들 한별에게 절대로 좋은 추억으로 남은 공간은 아닐 것이다. 혼란스러워진 가온이 자신 앞에 벌어진 이 사태의 의문을 해결하기 위해 통신창을 열어 한별에게 신호를 보냈다. 하지만 한별은 끝내 받지 않았다. 가온은 공안에 연락을 취하려다 신경질적으로 팔을 휘두르며 통신창을 껐다. 지구에는 다른 행성으로 이주할 여건이 안 될 정도로 찢어지게 가난한 사람이나 지구에 부채감을 지닌 사람만이 남아 있었다. 이런 지구에서 20대 후반 성인의 의지 가득한 실종을 맡아줄 공안 인력은 당연히 없었다. 손쓸 수 없는 시간이 지나가고 한별이 사라진 지 3년쯤 지났을 때, 가온은 한별과의 전부를 보존한 채로 의미가 사라져 버린 지구를 떠났다.

4

가온이 돌아와서 가장 먼저 한 일은 청소였다. 흐려진 인상을 지우는 데는 지금이 가장 적기였다. 살짝 굽은 허리를 피며 무거운 몸을 일으켰다. 가온은 한별이 들어가고도 남을 사이즈의 쓰레기봉투를 질질 끌며 한별의 방으로 향했다.

"메이, 방 문 좀 열어 줄래?"

"네, 잠금이 해제되었습니다."

  한별의 방은 47년 전과 다를 것이 하나도 없었다. 어떠한 변형도 없는 공간이었다. 자신의 일을 착실하게 해낸 가정용 안드로이드 메이를 향해 가온은 뿌듯한 미소를 보였다. 오랜만에 들어선 한별의 방에 향수를 느끼던 가온이었지만 애틋한 감상을 의도적으로 지워 내고 본격적으로 청소에 돌입했다. 책상에서부터 침대, 옷장까지 한별을 차차 비워내던 가온이 마지막으로 책장 앞에 섰다. 한쪽 벽면에 가득한 책들을 바라보았다. 미어터질 듯한 느낌에 시선을 거두려는 찰나 가장 아래쪽, 오른쪽에서 세 번째 칸에 있던 책들이 눈에 들어왔다. 한별이 애정하던 12권짜리 우주의 기원 시리즈였다. 가온은 바짝 엎드려 책들을 훑어보았다. 책등 윗부분과 아랫부분에 실선이 그어져 있는 심심한 디자인의 책이었다. 유심히 보니 1권부터 12권까지 나란히 이어지는 선에 미세하게 끊긴 부분이 있었다. 오른손 검지를 펴 선을 따라 그려 나갔다. 볼록한 책등과 책 사이 골짜기를 지나 8권에서 손이 멈췄다. 신경 써서 보지 않으면 알아차리지 못할 만큼의 미세한 높낮이 차이가 있었다. 꼼꼼치 못한 디자이너의 실수인가 생각하다 원래는 머리가 더 작은 8의 모양이 가분수가 되어 있는 것을 보고 책이 거꾸로 꽂혀 있다는 사실을 알아차렸다. 가온이 의아한 표정을 지으며 힘을 주어 책을 당겼다. 그런데 책이 잘 빠지지 않았다. 잘 들어가지도 않는 힘을 있는 힘껏 주어야만 개미만큼 질금질금 나왔다. 그렇게 제목의 3분의 2가 드러났을 때쯤 책장이 책을 퉤하고 뱉었다. 덕분에 꽤나 빠른 속도로 날아간 책이 뒤편에 있던 침대를 쿵 치고 펼쳐진 채로 바닥에 떨어졌다. '별의 탄생'이라고 적힌 책을 들어올리자 세 통의 편지가 놓여 있었다. 보라색, 노란색, 분홍색의 편지에는 순서가 있다는 듯 숫자가 적혀있었다. 가온은 빨라지는 심장 박동을 진정시켰다. 그리곤 책 냄새가 밴 편지의 첫 번째를 조심스럽게 뜯어보기 시작했다. 보라색 편지지가 입을 벌리고, 가온은 안에 있던 편지를 읽기 시작했다.

5

가온에게

 안녕, 가온아 오랜만이지? 집을 떠난 지 벌써 5년이 지났네. 나고 자란 지구가 고향이 아니라면 도대체 어디가 고향이라는 건지. 머리를 싸매고 있을 네 모습이 생각나서 웃다가도 안쓰러운 생각에 미안한 마음이 들어. 나는 널 처음 본 순간부터 이기적인 사람이었으니까. 끝까지 변하지 않으려고 해. 편지를 전부 읽고 나면 네가 이해해 줄까? 그러지 못한다고 해도 난 이 여행을 멈출 수 없을 것 같아. 이건 정말 내게 중요한 일이기 때문이야. 평생을 골몰하며 생각해 온 질문에 답을 내릴 최후의 과정이었거든. 신원을 알 수 없는 부모 밑에 태어난 내게 뿌리라고 부를 만한 것이 무엇이 있을까. 단순히 어떠한 결핍을 말하는 것이 아니야. 최초의 기억부터 지금까지 불쑥불쑥 찾아오는 호기심을 가장한 이 공허함. 나는 계속해서 '나'에 대해 탐구해 왔고 드디어 결론을 내릴 수 있었지. 이 답은 가장 바깥의 우주에서부터 최종적으로 너에게 이르기까지 그 모든 것을 더 많이 사랑할 수 있게 만들었어. 그러니까 나는 오로지 이 답을 마무리 짓기 위해 고향에 갈 수밖에 없었어. 전부 품에 안고 싶었거든. 가온이 네게 말했으면 넌 분명 말렸을 거야. 아니, 이 얘기를 들으면 모두가 날 미쳤다거나 아님 나약하다거나 하겠지. 때문에 아무 말 없이 떠날 수밖에 없었어.

사실, 네게 고향에 가겠다고 한 건 반은 진실이고 반은 거짓이었어. 고향에 가는 것은 맞았지만 그 고향을 어디로 정해야 할지 많은 고민이 되었거든. 내가 나로서 있을 수 있는, 나의 거울이 있는 곳. 그곳을 찾기 위해 여행을 시작한 거야. 지구는 제외 대상이었어. 미세한 입자만큼의 무게도 안 되겠지만, 이미 무거워질 대로 무거워진 지구에 나의 무게를 더하고 싶지 않았어. 그리고 지구에는 내가 아끼는 것들이 너무 많았지. 그렇지만 어떤 이유를 대더라도 가장 중요한 것은 네가 지구에 있다는 사실이었어. 여행을 하는 내내 마치 네게 중력이라도 있는 것처럼 작은 것 하나도 너의 범주를 벗어나질 못하더라. 분명 지구는 네가 존재한다는 이유만으로 내게 미련이 되겠지. 어쨌건 그렇게 여행하다 드디어 내가 고향으로 삼을 만한 곳을 발견했어. 그곳이 어딘지는 차차 이야기해 줄게. 그럼 다음 편지에서 보자.

추신. 너도 예상했다시피 이 편지를 쓰고 있는 지금은 내 방이야. 마지막으로 고향에 가기 전에 네가 너무 보고 싶어서 충동적으로 지구로 와 버렸어. 오랜만에 들어간 집에 네가 살고 있다는 흔적이 없어서 놀랐어. 멈춰 있는 달력에 적힌 파견 근무 일지를 보고 네가 지구에 없다는 걸 알았지. 참 다행이야. 아쉬움이 들긴 했지만 지구로 향하면서 절대로 너와 마주하지는 않겠다고 맹세했거든. 당분간 주인 없는 집에 신세 좀 져야 할 것 같아. 언제나 고맙고 미안해.

- 한별이가 -

"뭐라는 거야?"

터무니없는 편지에 헛웃음도 나오지 않았다. 고향을

정한다니. 언제나 아무것도 알려 주지 않던 한별이었지만 이렇게 허무맹랑한 이야기를 왕창 늘어놓던 사람은 아니었다. 마치 자신이 떠난 이유를 말하는 거처럼 보이지만 실상은 별 모양 쪽지에 적혀 있던 고향에 가겠다는 말을 장황하게 늘어놓은 것뿐이었다. 이번에도 중요한 것만 쏙쏙 골라 알짜 없는 정보만 나열해 놓은 한별의 편지에 읽기만 해도 진이 빠진 가온이 나머지 두 통의 편지를 들고 거실로 향했다. 소파에 누워 첫 번째 편지를 읽고 또 읽어 보았다. 읽을수록 더 비참해져만 갔다. 미안하고 고맙다는 저 애틋한 말이 야속하게 들릴 날이 올 줄이야. 차라리 아무것도 몰랐던 한 시간 전 과거의 자신이 조금이나마 덜 불운했을 것이라고 가온은 생각했다. 땅굴로 파고든 생각은 가온이 살아온 74년의 인생의 모든 순간을 후회로 점철시켜 버렸다. '그날 너를 만나지 않았더라면'에서 '그날 그곳에 가지 않았더라면'까지, 원망의 화살이 한별에서 자신에게 옮겨질 때쯤, 가온은 한별과의 첫 만남을 생각하며 눈을 감았다.

"감사합니다."

커피숍 안에서 울고 있는 남자에게 손수건을 건넸다. 고개를 숙이고 한없이 눈물만 흘리던 남자가 고개를 들어 가온을 바라봤다. 남자의 가득 고인 눈물에 햇빛이 담겨 반짝거렸다. 일순간 빛난 눈물 때문이었을까. 눈을 마주칠 수 없었다. 평소라면 하지 않을 행동이었다. 그러나 가온은 그날따라 우울했고 머리도 무거웠다. 저도 모르게 건넨 아끼는 손수건에 아차 싶었지만 남자의 손에 꽉 쥐어진 손수건을 보고 가온은 돌려줄 필요 없단 말과 함께 커피숍을 나섰다.

가온이 남자를 처음 본 장소는 커피숍이 아니었다. 몇 달 전, 가온이 점심 식사를 마치고 근무지로 돌아가는 길이었다. 가온은 외계 생물원 옆 외계 생물 연구소에서 근무하고 있었다. 그날 외계 생물원 앞에는 외계 생물원을 폐지하라는 시위가 일어나고 있었다. 남자는 그 시위에서 선봉에 있던 사람이었다. 엄청난 목소리로 폐지를 외치던 남자를 가온이 뚫어지게 쳐다보았다. 살짝 갈색의 머리가 햇빛을 받아 금색처럼 보였다. 한겨울임에도 땀을 흘리던 남자에게서는 모락모락 김이 나고 있었다. 그 김이 마치 후광처럼 보였다. 미형의 얼굴에 어울리지 않는 저음의 목소리를 가졌다고 생각하던 순간 남자와 눈이 마주쳤다. 화들짝 놀란 가온이 고개를 돌리고 황급히 연구소로 발걸음을 옮겼다.

"폐지하라! 폐지하라!"

뒤통수에서 맹렬히 들려오는 외침이 그날따라 가온의 심장을 더 콕콕 쑤시게 만든 날이었다.

며칠 뒤, 그러니까 남자에게 손수건을 건넨 날이었다. 그날은 E-0107이 탈출한 날이기도 했다. 통칭 슬라임이라고 불리던 E-0107은 외계 생물원에서 가장 인기 많은 생물이었다. 동글동글한 생김새에 털이 없음에도 부드러운 벨벳 촉감의 피부, 흰자위 없이 검은자위로 구성된 올망졸망한 눈망울이 인간이 함부로 귀여워할 외모의 생물이었다. 타이어만 한 크기의 성인 개체나 주먹만 한 어린 개체까지 크기의 차이만 있을 뿐 외모는 변함이 없었다. 그날 탈출을 한 건 그 외계 생물원에서 가장 오래되고 큰 개체였다. 관리인이 실수로 격리벽을 가동 중단시킨 틈을 타 큰 몸으로 관리인을 넘어뜨려 짓뭉갠 후 그 자리를 떠났다고 했다. 헨젤과 그레텔처럼 남기고 간 핏자국도 서서히 희미해져 E-0107의 소재를 알 수 없다는 것이 외계 생물원 측의 설명이었다. 왜 이렇게 대처가 늦었냐는 사람들의 질문에는 그날 배정된 인원이 E-0107에 깔려 죽은 관리인 한 명뿐이었다는 답변을 내놓고 현재 탈출한 개체를 찾기 위해 애쓰고 있다는 말만 반복했다.

인간에게 해를 가할 수 없다는 의미의 E등급 판정을 받은 생물만 외계 생물원에서 취급할 수 있었다. 외계 생물 연구소에서 하는 일이 그것이었다. 지구에서 취급할 만한 외계 생물을 입수한 뒤 가장 먼저 그 생물이 지니는 가치를 판단하고 이후에 인간에게 해가 되는지를 판단하는 것. 지능이 낮고 인간에게 우호적이기까지 한 E-0107이 E등급을 받는 것은 당연한 수순이었다. 그리고 인간이라면 으레 가지는 당연한 오만이기도 했다. 인간을 한 명 죽이고 B등급으로 상향 조정된 E-0107에게는 발견 즉시 사살이라는 형벌이 내려졌다. 그리고 외계 생물원에 남은 나머지 개체들도 다시 외계 생물 연구소로 이송되었다. 그 수많은 E-0107이 단지 E등급 판정을 받기 위해 죽어나갔던 것을 생각하면 참 아이러니한 일이었다. 아마 인간은 온 우주에서 A급 위험 인자일 것이라고 가온은 생각했다.

탈출 사건이 해결된 것은 E-0107이 탈출한 지 고작 7시간만의 일이었다. 외계 생물원에서 차출된 인원이 E-0107을 오염된 하수도에서 발견했다. 기둥 뒤에 숨어 있던 E-0107은 사람들의 발걸음 소리가 들리자 쿵 쿵 소리를 내며 도망가기 시작했다. 결국 막다른 곳에 다다른 E-0107은 자신을 위협하는 인간을 보고 하수도에 고여 있던 물웅덩이로 뛰어들었다. 놀란 사람들이 본능적으로 E-0107을 건져 올리려고 했으나 순식간에 형체조차 남기지 않고 사라져 버렸다. E-0107이 E등급 판정을 받은 이유 중 가장 큰 것은 물이 E-0107에 굉장히 치명적이라는 사실이었다. 물 없이 살아갈 수 없는 인간들이 존재하는 지구에서 E-0107은 그야말로 거대한 도시에 살아가는 생쥐나 다름없었다. 즉시 사살이라는 형벌 대신 자살을 택한 E-0107의 끝은 지구의 인간뿐 아니라 온 우주의 인간들에게 찝찝함을 안겨 주었다.

가온은 그날도 어김없이 점심 식사를 마치고 커피숍

에 들를 예정이었다. E-0107이 탈출했다는 소식을 접하고 오늘은 평소보다 더 쓴 커피를 마셔야만 할 것 같다고 생각하던 참이었다. 커피숍 앞 횡단보도에서 신호를 기다리다 창가에 앉은 남자를 발견했다. 꽤 거리가 있음에도 확연히 보이는 남자의 슬픔이 가온을 멈추게 만들었다. 마치 무성 영화 같은 장면이었다. 유리창 안에서 손을 머리에 짚은 채로 엉엉 오열하는 남자의 얼굴이 그의 울음소리를 상상하게 만들었다. 세상이라는 보따리 안에 온갖 슬픔을 다 모아다가 한꺼번에 쏟아버린 듯한 고통의 소리였다. 언제나 큰 목소리로 호기롭게 자신의 신념을 외치던 남자였기에 가온은 무엇이 남자를 저렇게까지 슬프게 만들었을까 궁금했다. 신호가 바뀌고 천천히 커피숍으로 다가갔다. 유리문이 열리는 잠깐의 순간 그 자그마한 틈 사이로 남자의 울음소리가 가온의 귀에 화살처럼 박혔다. 남자는 숨을 베어 먹고 있었다. 박자를 잃은 신음 소리가 뒤섞듯 들려오는 것 외에는 어떤 음성도 들려오지 않았다. 상상했던 것과는 다른 남자의 울음소리가 가온의 기분을 더 미묘하게 만들었다. 그때 남자의 울음소리보다 더 큰 뉴스의 음성이 들려왔다. E-0107이 죽었다는 소식이었다. 심장이 올가미에 묶여 쿵 바닥으로 낙하했다.

"이거 쓰세요."
"감사합니다."

가온은 충동적으로 남자에게 손수건을 건넸다. 손수건을 받아 든 남자의 손을 보며 함께 울고 싶다는 생각을 삼키고 커피숍을 나섰다.

며칠 뒤 가온은 일이 도저히 손에 잡히지 않아 조기 퇴근을 했다. 외계 생물 연구소에서는 남은 E-0107 개체로 공격성 실험을 진행했다. 가온은 그 실험의 중심에 있었다. 처음 E-0107의 등급 판정을 맡은 것이 가온이라는 이유에서였다. 공격성 실험은 간단했다. 어떠한 상황에서 실험체가 공격성을 보이는지를 실험하는 것이었다. 강도를 조절하며 실험체에게 위협이 될 만한 극한의 상황을 연출하는 것. 벌써 7번째 실험이었다. 이전의 강도에서 E-0107은 어떠한 반응도 보이지 않았다. 가온은 그런 E-0107을 보며 이번엔 제발 어떤 반응이라도 있었으면 했다. 이 다음 8단계 실험은 E-0107의 생명을 위협할 수도 있는 실험이었다. 하지만 가온의 바람이 무색하게도 E-0107은 아무런 반응도 보이지 않았다. 그저 자기들끼리 똘똘 뭉쳐 있을 뿐이었다. 8단계 실험이 시작되기 전 가온은 E-0107에게 다가갔다. 이제껏 아무런 반응도 보이지 않던 개체들이 가온을 향해 다가왔다. 지구에서 가장 처음 본 인간이 가온임을 기억하는 것처럼 다가와서는 가온을 뚫어지게 바라보았다. 8단계 실험이 시작되었다. E-0107을 좁은 방에 몰아 놓고 주먹 크기의 돌 수십 개를 공중에서 떨어뜨리는 실험이었다. 가온이 버튼 하나만 누르면 저 좁은 방에 수십 개의 돌이 E-0107의 머리 위로 떨어질 예정이었다. 가온의 동료들은 실험을 기록할 준비를 다 마친 상태였고 가온이 버튼 누르는 것만 기다리고 있었다. 실험 시작 안내 음성이 들려왔다. 하지만 가온은 끝끝내 버튼을 누르지 못했다. 좁은 방 안에서 아무것도 모른 채 멀뚱멀뚱 있는 E-0107을 보고 생각난 것은 다름 아닌 커피숍에서 오열하던 남자의 얼굴이었다. 가온은 동료들의 물음을 뒤로한 채 실험실을 나섰다. 가온이 나서자마자 웅성대던 소리도 별안간 멈추고 쿵쿵 돌이 떨어지는 소리가 들려왔다. 가온은 연구소를 있는 힘껏 달려 빠져나왔다.

사수에게 몸이 좋지 않아 먼저 퇴근해 보겠다는 형식적인 연락을 남기고 버스를 타러 정류장으로 향했다. 외계 생물원 앞에는 이전보다 더 많은 인원이 더 큰 목소리로 폐지를 외치고 있었다. 가온은 외침이 있음에 감사하다고 느꼈다. 곧장이라도 두 발이 바닥으로 꺼질 것 같은 느낌에 황급히 버스에 올라탔다.

집 앞 정류장까지 한참이나 남았지만 가온은 변덕을 부리고 싶었다. 지금 당장 집으로 가 봤자 우울한 생각만 할 것이 뻔했다. 개천이 보이는 정류장에서 내린 가온이 힘없는 걸음으로 개천을 걸었다. 졸졸 소리를 내며 흐르는 물에 햇빛이 비치어 윤슬이 생겨났다. 반짝반짝 빛나는 개천을 보니 울컥한 마음이 들었다. 가온은 벤치에 앉아 쭈그린 자세로 얼굴을 무릎에 묻었다. 한참을 그렇게 속으로 울고 있던 가온에게 누군가 말을 걸어왔다.

"안녕하세요."

남자였다. 남자는 가온의 상태를 살피고는 잠시만 기다려 달라는 말과 함께 사라졌다. 어리둥절한 채로 남자가 사라진 방향을 바라보고 있으니 금방 남자가 다시 나타났다. 자신의 집이 근처라면서 숨을 고르고는 가온에게 손수건을 건넸다.

"일전에는 정말 고마웠어요."

남자는 가온에게 감사 인사를 남기면서 가온의 옆에 털썩 앉았다. 그러더니 아무 말 않고 눈을 감은 채로 한동안 가만히 있었다. 알 수 없는 남자의 행동에 의문을 가진 것도 잠시 가온은 일순간 따뜻해진 공기를 느꼈다. 분명한 봄이었다. 아직은 차디찬 바람이 코끝을 얼얼하게 만드는 시샘의 봄이었지만 순간만큼은 만개의 봄처럼 느껴졌다.

"혼자 있지 않다는 사실만으로도 위로를 받을 때가 있어요."

남자에 말에 돌려받은 손수건을 생각에 잠긴 듯 보던 가온이 남자에게 그날 커피숍에서 왜 그렇게 울었는지 물었다. 황당한 물음이었다. 그날 남자가 흘린 눈물 자체가 이미 답이었다. 질문한 가온도 이상하다고 느꼈는지 말을 거두려다 남자의 예상치 못한 말에 입을 꾹 닫았다.

"그날은요, 생각하신 것도 이유가 되겠지만 그날은…."
"…."
"제가 불쌍해서 그랬어요. 스스로가 너무 버거워서."

남자의 말을 이해할 수 없었지만 가온은 더 이상 묻지 않았다. 남자도 그런 가온을 눈치챘는지 가볍게 목례를 하고 자리를 떠났다.

생업이란 것은 그렇게 쉽게 놓을 수 있는 것이 아니었다. E-0107 건을 계기로 외계 생물 연구소를 그만두려다 대신 다른 부서로 발령받는 것으로 가온의 퇴사는 일단락되었다. 처음에는 외계 생물 연구소에서 계속 일을 한다는 것 자체가 꺼림직했으나 인간은 그보다도 더 꺼림직한 적응의 동물이었다. 발령을 받은 뒤, 외계 생물 연구소에서 일을 한다고 말하기 부끄러울 정도로 외계 생물을 마주칠 일이 없었다. 그곳 자체가 자신에게 트리거가 될 수도 있겠다고 생각했으나 가온은 자기 자신이 생각한 것보다 더 냉정하고 현실적인 사람이었다. 그곳에서 인간 외에 숨 쉬는 생명을 마주치지 않으니 버틸 만하다고 느꼈다. 가끔 실험실 앞을 지나갈 때면 그때의 기억이 떠올라 가슴이 답답해졌지만 그뿐이었다.

그때로부터 2년이 지났음에도 가온의 머릿속에서는 남자가 잊히지 않았다. 남자는 그 일이 있고 난 후 더 이상 외계 생물원 앞에서 볼 수 없었다.

가온은 출퇴근 때 타던 버스에서 매일 앉던 자리를 바꿨다. 남자의 집 근처라는 개천 앞 정류장이 잘 보이는 창가로 자리를 옮겨 정류장이 다가오면 두리번거리며 남자를 찾았다. 버스가 정류장에 멈추는 짧은 시간에도 혹시나 남자를 볼 수 있을까 열심히 눈알을 굴렸다. 처음 한 번은 혹시였고 두 번째 세 번째는 설마였다. 그리고 이백 번째쯤엔 이미 습관이 되어 있었다. 버스가 정류장 근처에 다가서면 옷매무새를 정리하고 숨을 한 번 고르고는 창밖으로 버스에 올라타는 사람들을 구경했다. 이제는 더 이상 남자를 마주칠 수 있을 것이라는 가능성을 바라지는 않았다. 그럼에도 차오르는 기대는 가온에게 몇 안 되는 재미기도 했다.

허둥지둥 일어나 핸드폰을 확인한 가온이 급하게 일어나려다 이내 다시 침대에 누웠다. 오늘은 새로운 프로젝트가 시작되는 날이었다. 이미 늦은 겸 재택근무를 할까 고민하더니 힘겨운 소리를 내며 기지개를 켜고는 침대에서 일어났다. 첫날에 의미를 두고 출근을 하기로 결정한 가온이 부리나케 출근 준비를 마쳤다. 집에서 정류장까지는 빠른 걸음으로 7분 거리, 버스가 정류장까지 오는 데 남은 시간은 6분 47초. 가온이 빠르게 정류장을 향해서 뛰어갔다. 정류장 앞 사거리에서 신호가 바뀌길 기다리다 버스가 도착한 것을 목격한 가온이 버스가 신호에 걸리기를 기도하고 있었다. 하지만 가온의 기도에도 버스는 가온의 앞을 빠르게 지나갔다. 늦잠을 잔 것에서부터 버스를 놓친 것까지 오늘은 재수가 없으려나 싶었다. 다음 타임 버스가 오고 가온은 원래 타던 창가 자리 반대편에 이끌리듯 자리를 잡았다.

얼마 뒤 자신의 옆자리에 앉으려는 사람의 얼굴을 본

가온이 다시 황급히 창문으로 고개를 돌렸다. 가온의 옆자리에 앉은 사람은 다름 아닌 남자였다. 처음에는 믿기지 않아 긴가민가했지만 순간적으로 본 얼굴은 남자가 분명했다. 한동안 고개를 정면으로 돌리지도 못하고 뻣뻣하게 창밖만 보고 있었다. 차마 말을 걸 용기가 나지 않아 머릿속에서 자연스럽게 인사하는 장면만 계속 돌리고 있었다. 저도 모르게 새어나오는 웃음을 감추려고 손바닥으로 얼굴을 쓸어도 보고 고개를 숙여도 봤지만 들썩이는 어깨가 내비치는 기쁨까지는 숨길 수 없었다. 누군가 창밖에서 가온을 바라본다면 미친 여자라고 생각했을 것이다.

버스는 계속 나아가고 남자가 언제 내릴지 모르는 상황에 초조해진 가온이 고개를 돌려 남자를 쳐다보았다. 남자는 피곤한지 눈을 감고 잠을 청하고 있었다. 말을 걸 타이밍을 재고 있던 가온은 점점 초조해지는 기분을 부여잡고 있었다. 그때 버스가 갑자기 급정거를 했다. 버스 안 모든 승객의 몸이 앞으로 쏠리고 놀란 사람들이 웅성웅성 댔다. 남자도 눈을 번쩍 뜨고는 가슴을 쓸어내렸다. 가온은 이때다 싶어 안심하던 남자에게 말을 걸었다.

"저 연구소 그만두려구요."

시뮬레이션을 돌린 게 무색할 말이 튀어나왔다. 남자가 졸음을 이겨내고 가온과 이야기 나눌 만한 문장이 무엇이 있을까. 여러 단어를 조합하던 가온이었지만 막상 튀어나온 말은 생각지도 못한 말이었다. 당황한 것도 잠시 눈을 동그랗게 뜨고 가온을 쳐다보는 남자를 보고 가온은 마음속으로 쾌재를 불렀다.

남자의 이름은 한별이라고 했다. 나이는 가온보다 한 살 위인 27살이었다. 직업은 화가, 취미는 음악 감상 등 드디어 입력된 남자의 데이터를 곱씹던 가온에게 남자가 통신창을 열어 자신의 신호 코드를 알려 주었다. 남자가 버스에서 내리고 가온은 단 한 번도 믿지 않았던 운명이라는 키워드를 검색해 보았다. 늦잠을 잔 것도, 버스를 놓친 것도, 평소 앉던 자리가 아닌 다른 자리에 앉은 것도 전부 남자를 만나기 위해 유도된 것처럼 느껴졌다. 그날 가온은 환승해야 할 버스가 제때 오지 않아 결국 회사에 지각했고, 풀린 신발끈을 밟고 넘어질 뻔도 했지만 모든 불운이 행운으로 탈바꿈되는 날이었다.

6

 식탁에 앉아 두 번째 편지를 뜯었다. 편지 봉투 안에는 한별의 냄새가 배어 있는 편지지와 티켓이 있었다. 티켓은 한별과 함께 갔던 초신성 투어 티켓이었다. 원래 티켓 같은 건 없었지만 일기장에 남겨 놓겠다며 한별이 직접 그려서 만든 티켓이었다. 따뜻한 색감이 묻어나는 게 딱 한별이었다. 밤새 티켓을 만들던 한별의 모습이 생각이 났다. 한별은 언제나 얕은 웃음을 짓고 있는 사람이었다. 하지만 그 웃음은 자신을 이겨내기 위한 필사의 미소였기도 했다. 어딘가에 몰두해 있을 때 한별에게서는 무지개가 나타났다. 표현하고 싶은 것을 빨간색 펜으로 적어 두고 본격적으로 일을 할 때는 주황색 후드티를 입었으며 짙은 초록의 큰 벤자민 나무 화분 밑에서 파란색 담요를 덮고 작업을 했다. 언제가 한 번은 한별에게 이유를 물었지만 본능적인 것이라고 말했다. 그런 한별의 무지개를 보고 있노라면 색깔 없는 가온에게도 마치 자신만의 색이 생기는 것 같았다. 하지만 한별이 일에 몰두할 때 빼고는 대부분 한별의 세상은 급격히 채도가 낮아지곤 했다. 언제나 밝은 목소리로 항상 기분이 좋은 듯 굴었지만 한별의 눈동자는 암흑 물질 같았다. 어떤 것도 비추어지지 않았고 그 순간에는 가온마저도 한별의 눈에 담기지 못했다. 가온은 한별에게 화가라는 직업이 없었다면 그를 만나지 못했을 수도 있었을 것이라는 생각을 했다.

티켓을 만지작거리던 가온이 긴장된 손짓으로 두 번째 편지지를 들어 올렸다. 한껏 접혀 선이 생긴 편지지를 반대로 뒤집어 접고 꾹꾹 누르고는 편지를 읽기 시작했다.

가온에게

편지를 읽어 줘서 고마워. 혹여 네가 첫 번째 편지만 읽고 진절머리가 나서 읽어 주지 않으면 어쩌나 생각했는데 내 기우였네. 우리 같이 갔던 초신성 투어 기억나? 그때 가온이 네가 무슨 생각하느냐고 물었었잖아. 네 얼굴에 나를 향한 물음표가 가득했는데 그것들을 해소할 답을 줄 수 없어서 많이 미안했어. 그럼 너는 또 예상했단 듯 아무것도 묻지 않았지. 지금에 와서 생각해 보면 후회가 되기도 해. 네게 조금 더 말해 볼걸 하고 말이야. 스스로도 당당하지 못했으니까. 내가 가장 사랑하는 사람에게 이해받지 못한다면 정말 슬플 것 같아서. 그래서 네게 매번 아무 말도 해 주지 못했던 것 같아.

그날 에피타를 보고 어쩌면 또 다른 내가 아닐까 그런 생각을 했었어. 인간이라는 생물로 태어나서 의지와는 상관없이 짓는 죄들은 언제나 날 한없이 가라앉게 하곤 했지. 그리고 그런 나를 보며 태어났을 때부터 무거운 생명임을 깨달았어. 우리는 정말 찰나잖아. 그럼에도 그 잠깐의 여행조차 버거워하고 그렇다고 무언가 타개할 마음 없이 고여만 있는 내가 너무 증오스러웠어.

에피타는 분명 나와 닮은 점이 있었지만 나보다 훨씬 앞에 있는 생명이었어. 얼마나 밝게 빛나던지. 그 빛에 사로잡혀 있다면 좋을 텐데. 머지않아 새로운 생명의 씨앗이 될 에피타와 함께 그 여정에 발 들일 수 있다면 정말 행복할 텐데. 그런 생각들을 하니까 참을 수 없었어.

너와 함께 에피타를 본 날은 내 생에 가장 황홀하면서도 가장 아린 날이었어. 고개를 돌리면 네가 날 보고 있는데, 네 눈 속에 내가 있었어. 너무 따뜻하고 평안했지. 그때 따뜻하다고 말했던 건 다름 아닌 너였어. 너는 평생 모르겠다는 표정을 지었지만 그 표정마저도 참 애중하더라. 너를 만나고 처음으로 내게 단 하나가 생겼어. 네가 내 미련이 되었다는 이야기야.

네게 상처가 될 만한 얘기일지도 몰라. 네게 생긴 그 마음 때문에 나는 한시라도 빨리 네 곁을 떠나야겠다고 생각했어. 네 옆에서 안주하고 싶어질 테니까. 그래선 안 되는 거잖아.

정말 수많은 행성을 여행했어. 그러다 우연하게 에피타가 보이는 거리의 우주에 당도했는데, 너와 함께 봤을 때보다 살짝 어두워진 에피타의 모습이 마치 내게 자신의 마지막을 알리는 것 같았어. 자신의 마지막을 보기만 하지 말고 함께해 달라고 말이야.

가온아, 마지막으로 부탁 하나만 할게. 네가 이 편지를 읽는다면 우리 처음 만났을 때 네가 내게 건네준 손수건, 그 손수건을 내게 가져다줄래? 내 고향은 네가 예상하는 대로야. 그곳에 와 주었으면 좋겠어. 부탁할게.

추신. 마지막 편지는 내가 가장 보고 싶어질 때, 그때 읽어 줘.

- 한별이가 -

어느 날 한별이 가온에게 여행을 가자고 했다. 어디를 가고 싶냐 물으니 창을 띄워 광고를 하나 보여 주었다. 한별이 보여준 것은 요즘 가장 뜨거운 우주여행 패키지였다. 다양한 상품이 있었다. 관광지로 개조된 행성에 휴양을 가는 패키지라든가 각각의 별자리를 돌 수 있는 별자리 투어 같은 것이 있었다. 특히 별자리 투어는 생일 선물로 인기였다. 한별은 인기순으로 나열된 투어 화면을 쭉 내리더니 가장 하단에 있는 초신성 투어를 선택해 보여 주었다. 초신성 투어는 인기가 없는 상품 중 하나였다. 다른 투어와 비교했을 때 위험도는 높으면서 가격도 비싼 축에 속해 있다는 것이 그 이유였다. 초신성 투어를 선택한 한별에게 가온은 별다른 이유를 묻진 않았다. 오랜만에 한별의 눈동자에 가온이 있었기 때문이었다. 가온은 고민도 없이 일정을 조정하여 초신성 투어 패키지를 예약했다.

초신성 투어 패키지는 두 가지로 나뉘어졌다. 하나는 폭발이 임박한 별을 탐험하는 것이었고 다른 하나는 이미 폭발이 일어난 별의 이후를 보는 것이었다. 그중에서 한별이 보고 싶어 한 것은 폭발이 임박한 별이었다. 원체 위험도가 높은 투어라 결제하기 전 우주에서 일어나는 어떤 사고에도 당사는 책임지지 않겠다는 문구에 사인을 해야만 결제가 가능했다. 막상 경고창을 보고 덜컥 겁이 난 가온이 한별을 바라보았다.

"괜찮을까?"
"내가 있는데 무슨 걱정이야!"

한별의 당당한 말에 가온은 웃음이 났다. 동문서답이

긴 했지만 동시에 우문현답이기도 했다. 만약 투어 중 두 사람에게 어떤 우주적 재난이 닥친다면 가온과 한별 모두 속절없이 파묻혀야 할 입장이지만 순간에 서로가 함께하기만 한다면 그 어떤 재난도 받아들일 수 있을 것이 분명했다. 가온은 그런 한별의 말을 믿고 결제를 진행했다.

초신성 투어는 생각보다 굉장히 체계적이고 안전했다. 어찌 보면 당연한 일이었다. 여행사에서도 굳이 죽음까지 각오할 정도의 투어를 상품으로 내놓진 않았을 것이다. 여행사에서 말하는 위험은 언제 폭발할지 모르는 별에 가까이 갈 수 있는 무모함이었다. 어떤 수치의 시간도 찰나가 되어버리는 우주에서 에피타의 폭발은 계속해서 조만간이었다. 처음 초신성 투어가 출시되었을 땐 엄청난 이슈였다. 동반 자살 투어라든가 돈이 아쉽지 않은 사람들의 스릴 즐기기라는 등 긍정적인인 반응보다는 부정적인 반응이 대다수였다. 그러나 초신성 투어가 가지는 희소성 하나만으로 부정적인 여론은 금세 사그라들었다.

본격적인 투어가 시작되기 전 가온과 한별은 경유 행성을 여행했다. 낙원이란 단어를 형상화한 것 같은 행성은 가장 부유한 인간들이 개척한 행성이었다. 건물, 도로, 사람들 모두가 환상 같았다. 밤이 와도 그들의 빛은 사라지지 않았다. 그 어떤 별보다도 밝게 빛나는 행성이었다. 쉴 새 없이 웃고 떠드는 사람들 사이로 가온과 한별은 서로를 바라보았다.

"고객님, 죄송하지만 다음 우주선이 도착할 때까지 조금 시간이 걸릴 것 같습니다."
"얼마나요? 정확하게 얼마나 늦는다는 거죠?"
"그건 저희도 정확히 알 수가 없을 것 같습니다."

라운지에서 잠깐 잠이 든 가온에게 투어 담당자가 난감하다는 얼굴로 말을 걸어왔다. 무작정 늦는다는 말에 화가 난 가온이 언성을 높이려다 옆에 있던 한별을 보고 목소리를 낮췄다. 주춤한 가온을 본 담당자가 이때다 싶어 말을 이어 갔다.

"이 근처 몇 광년 떨어지지 않은 곳에 크기가 작은 행성이 하나 있어요. 페투스라는 행성이었나? 이번에 이 행성 거주민이 개인 우주선을 타고 여행을 하다 그곳에 불시착을 했어요. 근데 하필 또 거기에 원주민이 살고 있었던 거죠. 불문율이 깨진 거예요."

 과거 인간들이 막 지구를 떠나 자신들만의 행성을 찾아가기 시작했던 때였다. 그때 전쟁의 위기가 있었다. 외계인과의 전쟁이었다. 47번째 행성이 발견되고 모두가 새로운 행성에 대한 기대감에 들떠 있었다. 이번 행성은 반짝이는 광물로 이루어져 있다더라 같은 식상한 뜬소문들이 삽시간에 퍼졌다. 하지만 돌아온 것은 망가진 정찰 우주선과 훼손된 시체들뿐이었다. 우주선 내부에는 알 수 없는 그림이 그려져 있는 천이 널브러져 있다. 외계인의 소행이라고 판단한 인간들은 재탐사를 명분 삼아 만반의 준비를 마치고 47번째 행성으로 향했다.
 결말은 허무했다. 정찰 우주선이 행성에 직접 착륙하기 전에 정찰용 안드로이드를 보내는 것이 원칙이었다. 그 후에 어떠한 생명체도 살고 있지 않다는 리포트가 생성되어야만 직접 정찰을 할 수 있었다. 그 원칙을 죽고 싶어서 환장한 것이 아닌 다음에야 정찰자들이 지키지 않을 이유는 없었다. 우주선이 지구로 돌아왔을 때, 정찰용 안드로이드는 산산조각이 나 있었고, 우주선에는 어떤 데이터도 남아 있지 않았다. 고로 인간 측에서는 알 수 있는 정보가 없었다. 하지만 군대를 보낸 것도 섣부른 판단이었다. 무장한 외계인이 행성에 쳐들어오니 행성에 살고 있던 외계인들은 당연히 그에 맞설 수밖에 없었다. 금방이라도 서로를 공격할 듯한 차가운 시간이 계속되었고 본격적인 전쟁이 시작되려는 순간에 실종되었던 정찰자 한 명이 모습을 드러냈다. 그리고 그 정찰자는 인간 군대에게 당장 전쟁을 멈추고 지구로 돌아가라고 울부짖었다.

사실 인간을 공격한 외계인은 없었다. 정찰용 안드로이드가 행성에 생명체가 살고 있는지를 판가름하는 기준은 크게 두 가지였다. 첫째, 물(액체)이 있는가, 둘째, 호흡의 산물이 존재하는가. 이 두 가지를 기준으로 세부 항목들이 설정되고 그 세부 항목들 중 한 가지라도 기준을 충족시킬 수 없다면 안드로이드는 생명체가 없다는 결론을 내렸다.

철저히 인간 위주의 매커니즘이었다. 많은 학자들이

생명의 기전은 비슷한 부분이 있을 것이라 예상했지만 그 예상은 보기 좋게 빗나갔다. 47번째 행성에는 호흡하지 않는 생명체가 살고 있었다. 그들은 딱딱한 광물로 이루어져 있었다. 호흡을 하지 않으니 움직임도 거의 없었다. 정찰자들이 안드로이드를 통해 본 행성은 그저 돌산으로 이루어진 험악한 땅이었고 그 돌산이 하나의 커다란 생명체 군집이란 것을 그들은 알 수 없었다.

  정찰자들이 목숨을 잃은 것은 순전히 운이 없어서였다. 행성에 착륙할 때 착륙 지점을 잘못 설정한 것이 그 이유였다. 행성의 특수한 대기 물질이 시야의 혼란을 야기했고 뾰족한 외계인들의 몸에 이리저리 박아가며 추락한 우주선은 그대로 땅바닥에 처박혔다. 당연히 안에 있는 정찰자들 대부분이 사망했고 그나마 숨이 붙어 있던 나머지 정찰자들도 한 명 빼고는 그만 숨을 거뒀다. 유일하게 가는 숨이 붙어 있던 정찰자 한 명을 행성의 외계인이 데려가 보살핀 것이었다. 그들은 곧 죽을 것 같은 인간 한 명을 제외하고 우주선과 정찰자들의 시체를 다시 우주로 돌려보냈다. 그 뒤에 통신이 끊겼던 우주선을 인간들이 발견해 다시 지구로 돌려보낸 것이었다.

행성의 외계인들에겐 침략의 개념이 없었다. 그야말로 평화의 종족이었다. 그들이 우주선의 데이터를 말소시킨 것도 그저 평화 유지의 일환이었다. 그들은 당연히 어떠한 정보도 주어지지 않으면 인간들이 자신들의 행성으로 오지 않을 것이라 생각했지만, 인간은 그들의 생각보다 더 무모하고 파괴적인 존재였다. 하지만 인간들도 아무 정보도 없는 외계인을 상대로 정면 승부할 생각은 없었다. 재탐사를 가장한 일종의 도발이었다. 하지만 상황은 예상했던 바와는 다르게 일촉즉발로 향해 갔다. 그리고 그 상황을 해결한 것은 죽음의 위기에서 기적적으로 살아 돌아온 실종된 정찰자였다.

정찰자의 자초지종을 듣고 인간들은 급하게 상황을 해결하려고 했다. 평화의 종족은 인간들의 사과를 받아들이고 얼른 그들을 행성 바깥으로 쫓아냈다. 이 일을 계기로 인간들은 46번째 행성을 마지막으로 더 이상 영역을 넓히려 들지 않았다. 인간들은 대신 탐구의 영역을 넓혀 갔다. 우주가 생명을 부여하는 방식이 이제껏 연구해 온 것들을 모조리 잿더미로 만들어 버리면서 학자들은 처음부터 다시 생명에 대해 연구하기 시작했다. 어떤 학자들은 생명의 성질에도 관심을 보였다. 충분히 고지능 생명체임에도 어떤 우위도 없이 평등하게 똘똘 뭉쳐 살아가던 47번째 행성 외계인을 목격한 학자들은 어쩌다 인간들이 '욕심'을 가지게 되었는지 등을 탐구하기 시작했다. 모든 것들이 탐구할수록 더욱더 미궁에 빠져들었지만 단 한 가지 분명한 사실이 있었다. 인간들은 고지능 외계 생명체가 있는 행성에 절대로 발을 들이지 않겠다는 불문율을 세우고 그것을 DNA에 새겼다.

"페투스로 불시착한 그 사람은 어떻게 되었는데요?"

가만히 듣고만 있던 한별이 담당자에게 질문했다.

"지금 그 행성에 발이 묶였대요. 인질인 거죠. 불행하게도 그렇게 온화한 성격의 외계인들은 아닌 것 같아요. 더 문제는 이 행성에 사는 인간들이 그를 굳이 힘써서 데려오려고 할지 의문이라는 거죠. 화려하고 환상적이고 부족한 것 없이 서로 사이좋게 하하호호 웃으면서 사는 곳 같죠? 제 생각엔 이 행성에 사는 인간들이 가장 무서운 부류예요. 그들은 안온한 자신들의 세계를 지키기 위해선 가차 없어요. 이 체계를 구축하기 위해 얼마나 많은 사람들이 피를 봤는지. 멀리 사는 지구인들이면 더 모르겠죠. 지금 불시착한 인간 하나 데려오기 위해서 그들이 어떤 피해를 입을지 미지수잖아요. 어쨌든 확실한 건 득은 없고 실만 있다는 것이고. 또 그렇다고 그 사람이 엄청 중요한 사람도 아닌 것 같고. 이곳 사람들 가치 판단으론 버려져도 될 인간인거죠. 아마 그의 가족들도 이미 그를 포기했을 거예요. 여긴 그런 곳이에요."

한별은 가이드의 말을 듣고는 눈을 감을 뿐이었다. 이번엔 가온이 질문했다.

"그래서 지금 그게 우리가 타야 할 우주선이 늦는 것과 무슨 상관이 있죠?"
"아, 그게. 하필 우주선이 페투스 영역 근처를 지나가요. 원래라면 아무 상관없겠지만 불시착 사건 이후로 엄청나게 경계 태세인가 봐요. 그래서 이쪽도 페투스 근처를 아예 금지 구역으로 선언했어요. 우주선이 경로를 다시 설정하고 우회해서 오려면 조금 시간이 걸려요. 근데 그것도 아무런 변수가 없다는 가정에서만요. 만약, 우회 경로를 잘 설정해서 도착한다면 이틀 정도 뒤에 올 거예요. 그게 아니라면 그 이후는 저희도 언제다 장담을 못하는 상황이구요. 죄송스런 상황이지만 만약 너무 오래 지연되면 투어를 중단하고 환불 절차를 진행하는 수밖에 없어요."

가온은 이제야 가이드의 설명이 충분하다는 듯 고개를 끄떡였다. 가이드는 다시 한번 죄송하다고 한 뒤 다른 고객에게 상황을 이야기하러 자리를 떴다. 이 여행을 가장 고대했던 한별이기에 가온은 걱정스런 표정을 지으며 자신의 어깨에 기대어 있는 한별을 바라봤다. 한별은 그런 가온의 시선을 의식하고는 가온을 쳐다보며 얕은 미소를 보였다.

"참 바보 같다. 그치?"
"응."

한별의 말에 가온은 짧게 대답했다. 그리고는 덩달아 한별의 머리에 기대 눈을 감았다.

다행히 우주선은 이틀 뒤에 도착했다. 가온과 한별은 낙원의 땅을 떠나 다시 우주로 향했다. 예상치 못한 상황이 발생했고 또 그 상황이 잘 풀렸다는 것에 가이드도 안심했는지 평소보다 더 격한 말투로 설명을 이어나갔다. 기다림에 지쳐 늘어져 있던 것도 잠시 가온과 한별은 가이드의 말의 집중했다.

"저기 보이는 반짝이는 것이 바로 에피타입니다! 더 가까이 갈 수 있다면 좋겠지만 초신성 폭발에 휩쓸려 죽은 최초의 사람들이라는 타이틀을 얻고 싶지 않다면 이 이상은 가까이 가지 않는 게 좋아요. 언제 폭발할지 모르거든요."
"에피타와의 거리는 어떻게 되나요?"
"대략 1AU 정도입니다"

더 가까이 갈 수 없다는 가이드의 말에 아쉬워하던 한

별이었지만 에피타와의 거리를 알고 나선 눈을 반짝였다. 지구와 태양의 거리라니 연신 감탄사를 내뱉으며 별을 바라보던 한별의 얼굴이 금세 진지한 표정으로 바뀌었다.

"무슨 생각해?"
"그냥…, 참 따듯하다는 생각."

가온은 무엇이 따뜻하냐고 묻고 싶었지만 한별이 대답해 주지 않을 것을 알기에 묻지 않았다. 그렇게 한참이나 한별은 에피타를 바라보았고, 가온은 그런 한별을 감상했다.

7

화장실 옆 쓰레기 방출실 문에는 관계자 외 출입 금지 표지판이 붙어 있었다. 노인은 누가 볼세라 두리번거리더니 쓰레기 방출실로 들어갔다. 방출구를 열고 손수건을 집어넣은 뒤 레버를 잡아 당겼다. 기계음이 들리더니 이내 쿵 소리가 났다. 쓰레기 방출실에서 소리가 나자 승무원들이 황급히 앞으로 모여 들었다. 승무원들은 쓰레기 방출실 안에 가만히 서 있는 노인을 보고는 얼른 노인을 바깥으로 내보냈다.

"손님, 우주 쓰레기에 관한 투기법 상 쓰레기 방출은 비상시에만 방출할 수 있습니다. 게다가 개인의 쓰레기 방출을 불법이구요. 근시일 내로 오늘 일과 관련하여 통지서가 발부될 겁니다."

노인은 승무원의 말을 덤덤하게 듣고 있었다. 무어라 대답도 아무런 반응도 없는 노인을 보며 못마땅한 표정을 짓던 승무원이 무언가 떠오른 듯 주머니를 뒤적거리기 시작했다.

"아까 떨어뜨리신 편지예요."

노인이 쪼그라든 눈을 크게 떴다. 승무원의 손에 들린

편지를 낚아채더니 연신 고맙다며 중얼거렸다. 그런 모습에 마음이 약해진 승무원은 말을 잇지 않은 채 자신의 일을 하러 갔다. 주머니 속에 있어 약간 구깃해진 편지를 펼쳐 든 노인이 편지를 다시 한번 읽기 시작했다.

가온에게

이 편지를 읽어 주었다는 건 네가 내 부탁을 들어주기로 결정했다는 얘기겠지? 정말로 고마워 가온아. 마지막 편지는 네게 하고 싶은 말로 채워 보려고 해.

나는 평생을 무언가에 몰두하며 사랑한 적이 없었어. 호는 금방 생겨도 정은 붙이기가 쉽지 않더라고. 그래서 나는 나만의 색이 없다고 생각했어. 그런데 어느 날 네가 날 보면서 무지개 같다고 얘기해줬을 때, 많이 놀랐어. 그리고 가온이 네가 스스로 색이 없다고 얘기했을 때는 더 많이 놀랐어. 나랑 같은 생각을 가지고 있었다는 이유도 있었지만 내가 보는 너는 코발트색의 쨍한 푸름이었거든. 너는 언제나 그 색을 잃은 적이 없었어.

네가 맨날 하던 말 있잖아. 이렇게 물 흐르듯이 살다가 언젠간 흔적도 없이 사라질 수도 있겠다고. 나는 그런 네 유연함이 좋았어. 누구나 이 세상에 어떻게든 흔적이라도 남기려고 하는데 네게는 그런 욕심 하나 없이 흘러가는 생각들만 있었지. 넌 스스로가 흐리다고 얘기하지만 나에게 넌 수채화 같은 것이었어. 한 방울 여린 색이 쌓이고 쌓여 완성되는 그림. 한번 돌아봐. 네가 내린 수많은 선택이 어떤 색의 그림을 그렸는지. 우주가 까맣다 한들 내 앞에 있는 너는 온통 푸름이었어. 그러니까 내 세상도 푸름이었어.

나의 선택이 네게 큰 상처가 될 것이라는 걸 너무나도 잘 알아. 한 가지 당부하고 싶은 건 내 선택으로 네가 자책하지 않았으면 해. 이건 가온이 너를 만나기 전부터 줄곧 생각해 왔던 일이었고 때마침 그 시기가 다가온 것일 뿐이니까.

예외는 언제나 예기치 못하게 생겨나서 내 마음을 흔들곤 하지. 네가 내 예외였어. 사소한 것부터 눈에 띄는 큰 부분까지 언제나 날 빗나가던 너였지. 예외의 힘이라는 것이 얼마나 큰지 아니? 정형화된 기호에서 비롯된 정도의 사랑을 벗어나서, 불현듯 다가온 무언가가 마음을 동하게 만드는 것. 너를 만난 뒤로 내 하루는 한 번도 내가 생각한 대로 흘러간 적이 없었지만 그것이 나를 버티게 해 주는 힘이 되기도 했어.

약속 하나만 할까? 먼 미래에 어떤 모습이라도 꼭 다시 만나는 거야. 나는 이 약속 하나만으로 충분해. 그럼 지구 바깥에서 보자.

- 한별이가 -

지구로 돌아온 노인은 미친 듯이 기사를 찾기 시작했다. '에피타', '에피타 폭발', '초신성 폭발 사망' 등등 한별의 죽음과 관련된 기사가 한 줄이라도 있을까 찾아봤지만 에피타가 폭발했다는 30년 전 기사 말고는 그 어떤 것도 찾을 수 없었다.

노인은 곧이어 어질러진 방 안에서 휘갈기듯 편지를 쓰기 시작했다. 분에 못 이겨 편지를 쓰다가도 펜을 던지고 다시 주워다가 쓰기 시작하는 것을 반복했다. 펜을 탁 소리 나게 책상에 얹고는 편지를 봉투에 넣어 가방에 챙긴 노인이 이어서 다른 것을 쓰기 시작했다. '냉동 보존 캡슐 의뢰서'라고 적힌 종이의 빈칸을 채워나가기 시작했다. 펜을 쥔 노인의 손에서 여러 감정들이 섞인 알 수 없는 색이 흘러나왔다.

한별에게

이게 정말로 네가 원하던 결말이니? 진정으로 행복했다면 더 이상 말을 얹진 않겠지만 나는 왜 네가 마지막 순간에 후회했을 거란 생각이 드는 걸까. 너는 네가 쓴 고작 세 통의 편지로 내가 모든 것을 완벽히 끝내기를 바라겠지만. 오히려 편지를 읽고 그럴 수 없었어. 진정 네가 나를 놓아주려고 했다면 편지 같은 건 남기지 말았어야지. 그렇다면 난 분명 너에 대한 모든 것을 버릴 수 있었을 텐데. 너는 늘 이런 식이야. 난 너의 생각은 이해하지만 상처로 돌아온 너의 행동들은 존중해 줄 수 없어. 그래서 더 이상 네가 원하는 대로 해 주지 않으려고.

이건 분명 나에게도 독이 되는 일이겠지만 나는 널 끝까지 놓아주지 않을 거야.

너를 만났던 모든 시간 동안 아프지 않은 적이 단 한 번도 없었어. 네 그 삶에 무심한 태도도 너 스스로도 어쩔 줄 몰라 하는 그 샷된 욕심도 전부 날 아프게 했지. 그중에서도 가장 나를 힘들게 했던 건 순간 보이는 희망이었어. 너는 그다음 보란 듯이 다시 원래의 너로 돌아와서 나를 절망하게 만들었지.

네가 버스에서 내 옆자리에 앉은 날, 그날 전에 네가 나와 같은 버스를 탄 적이 있었어. 그날이 언제인지 정확히 기억해. 목요일이었어. 그때는 세 발짝 멀리 있는 네게 말 걸 용기가 안 나서 모르는 체했지만 그때 이후로 나는 목요일마다 슬픈 사람이 되어야만 했지. 네가 당연히 버스에 타지 않을 거라고 생각하면서도. 너를 만나는 목요일이 되면 나도 모르게 기대를 하게 되는데, 네가 버스를 타는 모습 상상하다 막상 네가 타야 할 정류장에 아무도 타지 않는 것을 목격할 때면 얼마나 실망감이 밀려왔는지 너는 모를 거야. 그런데 너를 만나고 나서도 너는 이런 식으로 내게 절망을 안겨주었어.

네가 많이 힘들었을 거라는 걸 알아. 하지만 정말 네가 나를 단 한 번이라도 더 돌아봐 줬으면 절대로 이런 선택을 할 수 없었을 거야. 적어도 네 마지막을 함께할 수 있게는 해 줬으면. 그렇다면 진심으로 너의 안녕을 바랄 수 있었을지도 몰라. 하지만 지금의 나로서는 그럴 수 없게 되어 버렸네.

그러니까 나는 네가 사랑했던 지구에서 네가 가장 원했던 결말을 내 두 눈으로 똑똑히 봐야겠어. 에피타가 폭발한 것이 30년 전이니까 꼬박 720년이 남았네. 네가 함께 바스라졌을 그 빛을 직접 목격할게. 그럼 네 마지막 순간에 네가 정말로 행복했는지. 빛으로 알려줘. 내가 생각하는 것보다 더 밝게 빛나야만 할 거야.

너는 내게 앞으로의 불확실한 미래를 이야기하며 그것을 희망 삼았지만 나는 네가 있는 현재가 가장 중요한 사람이었어. 나는 네가 다시 태어날 그 무언가들을 사랑할 자신이 없어. 내가 사랑한 건 네가 그렇게 이야기하던 작은 것들이 아니라 그것들이 모인 완전체의 '한별'을 사랑한 거였거든. 그러니까 난 마지막까지 '한별'을 최대한 사랑해 보도록 노력할게. 그 온전한 기회마저도 앗아가 버린 한별아. 720년 뒤에 보자.

- 한별을 사랑했던 가온이가 -

유전자와 회로의 운명

1

 녹이 슨 경첩이 비명을 질러대는 소리와 함께 육중한 파란색 문이 천천히 열렸다. 문은 아래가 꽉 막혀 아스팔트 바닥에 굴러다니는 돌들과 마찰하며 아주 힘겹고 느리게 움직였다. 내 옆에 선 이들 모두 기대감과 흥분에 들썩이고 있음을 돌아보지 않고도 알 수 있었다. 형량을 줄이기 위해 호르몬 치료와 뇌파 조정을 택했을 나약한 놈들이 이곳에 있으면 얼마나 있었다고 저렇게 몸이 달아 있는지 썩 이해가 되진 않았다. 그런 거 전부 차 버리고, 쌩으로 시간을 보낸 나만큼 지금 이 순간을 기다려 온 사람이 있을까?

 이곳에서 썩은 지도 무려 3년.

 나는 드디어 출소한다.

 나오라는 교도관의 외침과 함께 일등으로 문밖에 발을 내딛었다. 평소에는 너무나 당연하게 여기던, 뺨을 스치는 맑은 공기와 눈부신 햇살이 아주 반갑게 느껴졌다. 가슴을 쫙 펴고 크게 숨을 들이마셨다. 문을 지키고 선 교도관이 날 한심하게 쳐다봐도 상관없다. 오늘은 내가 기쁨을 만끽… 또는, 목표를 설정해도 되는 날이니까.

두 팔을 활짝 벌리고 하늘을 올려다보며 굳게 다짐한다.

임동수. 넌 이제 뒤졌다.

내가 임동수에 관한 얘기를 하면, 사람들은 처음에는 심각하게 듣다가 곧 태도를 바꿨다. 나더러 미쳤다고 했다. 아주 완전히 돌아 버렸다고 했다. 하지만 그럴 만하다고도 했다.

아마 3년 전의 나도 내 얘기를 듣는다면 제정신 아닌 놈 쳐다보듯 할 것이다. 3년 전의 나는 바쁘게 살고 있었다. 아니, 나뿐만이 아니었다. 첫째 형, 둘째 누나, 셋째 형, 넷째 누나, 막내 남동생. 그리고 어머니. 총 7명이나 되는 우리 식구들은 본래 대가족을 이루어 살을 붙이고 살았으나, 다들 성인이 되면서부터 모여 살던 때가 언제였냐는 듯 각자의 삶을 살았다. 콩 한 쪽도 나눠 먹던 건 아주 옛날이야기가 되었고, 연락도 뜸했다. 모두 일이 있어 한날한시에 모이기엔 시간이 안 되었고, 몇 명만 모이

기엔 애매했다. 뭉치는 날은 일 년에 오직 하루였다.

그날은 아버지의 제삿날이었다. 나는 일이 늦게 끝나 모두가 모인 자리에 뒤늦게 합류할 참이었다.

아버지는 결국 최첨단 의학 기술의 시대에조차 치료하지 못할 정도의 비대한 지방간으로 삶을 마감하셨다. 당뇨까지 앓고 계셨기에 더 손쓸 구석이 없다고 했다. 모두가, 심지어는 아버지 당신조차 예상하고 있던 결말이었기에 생각보다 슬픔은 짧았던 게 그나마 다행이랄까. 오히려 아버지는 의사가 경고한 것보다 일이 년은 더 오래 사셨던 것으로 기억한다. 호상은 아니었지만, 가슴을 퍽퍽 치며 울 만한 상도 아니었다. 장례식장에서는 다들 떠들썩하게 웃고 먹었다. 아, 술을 마시진 않았다. 그것 때문에 돌아가셨는데 앞에서 대놓고 그럴 순 없었던 탓이다.

그날은 아버지의 제사 1주기였다.

아버지의 유언은 오랫동안 집안일을 맡아온 안드로이드 B-062에게 유산 분배의 전권을 위임한다는 것으로, 어머니나 우리들에게 남긴 말은 단 한 줄도 없었다. 아버지의 죽음에 대한 슬픔보다, 말 한마디 남기지 않고 가셨다는 서운함이 오랫동안 내 마음속에 남아 있었다. 가끔은 아버지가 분배를 부탁한 그 유산에 추억의 물건이라든지 편지라든지, 영화 속 주인공 아버지가 남길 법한 무언가가 있지 않을까 기대하기도 했다. 하지만 세월이 지나 구식이 되긴 했어도 한때 잘나가는 안드로이드 모델이었던 B-062에게도 유산 분배는 꽤 어려운 문제였던 듯, 1년 동안 유산 분배에 대한 언급은 전혀 없었다. 그동안 B-062가 모든 작동을 중지하고 오로지 유산 분배를 위한 계산에 전념했는데도 말이다. 가족들은 안드로이드가 슈퍼컴퓨터처럼 합리적이고 공평하게 계산해 주리라는 것을 믿었던 게 무색해졌다면서 불만을 가졌지만 죽은 자는 말이 없었고, 물은 엎질러진 후였다. 무엇보다 아버지에게서 B-062의 소유권을 넘겨받은 어머니께서 별 말씀이 없으셨기에 다들 어쩔 수 없다는 분위기였다. 나는 얼마를 받든 상관이 없었기에, 그저 묵묵히 기다릴 뿐이었다.

그날은 B-062가 모든 계산이 끝났다는 말을 전한 날이었다. 드디어!

침대 헤드에 몸을 기댄 어머니 머리맡에 서서, B-062

는 2년 만에 드디어 유산 분배의 자세한 내역을 발표하겠다고 말했다.

그리고 그날, 나를 제외한 우리 가족 모두가 죽었다.

그 사건에 대한 내 생각은 교도소에 있던 3년 동안 완전히 굳어졌다. 하지만 처음에는 나도 혼란스러웠다. 교도소에서 만났던 인물들 전부 다 다른 얘기를 했지만, 결론적으로는 내 생각이 잘못되었다고 이야기했기에 더욱 그랬다.

- 에이, 흥미진진할 뻔했네. 그냥 흔한 돈 문제였구만.

교도소에 막 입소했을 무렵, 나는 방의 왕고에게 찍혔다. 죽여 버리기 전에 재밌는 얘기 좀 해 보라는 말에 할 말이 생각나지 않아 입을 다물고 있다가, 흠씬 두들겨 맞고 어쩔 수 없이 가족 얘기를 꺼냈었다. 가십거리로 씹힐지언정 누구에게든 마음속에 쌓인 의문과 억울함들을 토해 내고 싶은 마음도 존재했다. 그리고 왕년에 잘나가는 해커였고 교도관 안드로이드 해킹을 시도했다가 형이 무기 징역으로 늘어났다던 96세의 영감, 5번 방의 왕고는 내 비장한 각오를 담은 이야기에 이렇게 반응했다. 나는 있는 힘을 다해 영감을 노려보았다.

- 니가 아직 어려서 모르나 본데, 돈이란 게 원래 그렇게 무서운 거여.

우리 가족은 남달리 끈끈한 것은 아니더라도 그렇게까지 파탄 나 있지도 않았다. 아무도 모르는 외부인들이나 사건 파일에 적힌 몇 줄만 보고 그렇게 가볍게 단정 지어 버리곤 했다. 돈이 무서운 걸 누가 모르는가? 다만 그 돈보다 더 중요한 게 세상에 존재하는 것도 사실이었다.

- 얼씨구. 아주 눈빛만 살아서는… 그럼 니는 어떻게 생각하는데? 범인이 따로 있다, 그 말을 하고 싶은 거 아녀.

- …임동수입니다.

- 니랑 성이 같은데? 가족은 아니래매? 웃기는 새낄세 이거.

- 아닙니다.

- 뭔데 그럼? 개새끼라두 되냐?

- 저희 집에서… 수십 년 함께했던, 가정용 안드로이드 B-062요.

2

 B-062은 평범한 중산층이던 우리 집에서는 꿈도 꿀 수 없었던 고가형의 안드로이드로, 아버지께서 길에서 주워 오셨다. 그냥 안드로이드도 아니고, 신형에다 가격표에 0이 빼곡히 붙은 안드로이드를 고양이 데려오듯 길거리에서 데려올 수 있는 건지는 아직도 의문이지만 어릴 때의 나는 그저 안드로이드가 생겼다는 게 뛸 듯이 기뻤다. 우리 집에는 고가형은 고사하고 초저가형의 안드로이드조차 없었고, 나는 학교에서 안드로이드를 주제로 한 대화가 시작되면 다른 데서 주워들은 얘기를 억지로 이어 붙여 우리 집에도 안드로이드가 있는 척을 해대는 애였기 때문이다. 매번 그런 식으로 이야기를 지어내면 땀이 삐질삐질 나고 등 뒤가 서늘해지면서도 거짓말을 멈출 수는 없었다.

 그래서 처음에는 안드로이드의 효용이란 그저 존재하는 것 그 자체라고 생각했다. 집에 안드로이드가 있다는 것 자체는 별로 대단치 않은 거짓말일지도 모른다. 하지만 대화라는 게 "나도 안드로이드 있어." 하고 끝나지 않는 게 문제였다. 반드시 "어느 회사의 어떤 안드로이드? 우리 집 안드로이드는 이런 거 할 줄 아는데, 너네는?" 같은 질문이 따라붙기 마련이다. 이때 순간의 위기를 모면하려는 임기응변은 위험하다. 임기응변이란 건 결국 내가 아는 지식 내에서 쥐어짜는 것이기에 얼마든지 오류가 있을 수 있었고 오류는 언제 어디서든 지적될 수 있다. 게다가 아등바등 오류를 피하더라도, 다음에 비슷한 질문에 대답을 해야 할 때 이전에 둘러댄 내용과 말이 맞지 않으면 이상하다는 눈초리를 받기 십상이었다. 그런 면에서 당시 초등학생에 불과했던 나는 아주 멍청했다. 미리 찾아보고 거짓말의 내용을 맞춰 둬야 한다는 생각은 조금도 하지 못했고, 모든 말에 구멍이 숭숭 뚫려 거의 벌집과도 같은 꼴일 지경이었다. 다행히 다른 애들도 초등학생일 뿐이었기에 날카롭게 "이의 있소!"를 외치는 목소리를 들을 일은 없었지만 내 속은 학교를 갈 때마다 항상 타들어 갔다.

  거짓이란 이토록 얄팍한 것이다. 결국 '진짜' 안드로이드가 생겨남으로써 비로소 내 모든 마음고생은 종막을 내렸고, 나는 B-062의 존재 자체만으로 행복해졌다. 내

상상, 아니 거짓말 속의 안드로이드 A-7은 친구들과의 대화 속에서 폐기되었고, B-062가 그 자리를 대신했다.

하지만 B-062는 당연하게도 존재 이상의 값어치가 있었다. B-062는 당시 테트리스 사에서 생산한 보급형 안드로이드 중 프리미엄 라인에 속하는 고가형 모델이었고, 여러 가지 기능을 탑재하고 있었다. 그중 나를 가장 감동시켰던 건 내 공부를 도와줄 수 있다는 점이었다. B-062는 웬만한 인간보다 똑똑했다. 아니, 학교 선생님보다 똑똑한 것 같기도 했다. B-062의 가르침에는 거침이 없었고, 오답도 없었다. 인간과는 달리. 그제야 나는 사회 시간에 배워서 머리로만 이해하고 있던 '안드로이드의 인간 대체 현상' 개념을 뼛속 깊이 이해할 수 있었다.

예전에 체결된 국제법에 따라 학교에는 일체의 안드로이드를 두지 않도록 되어 있었기에, 집에도 안드로이드가 없고 달리 바깥 시설을 이용할 일도 없었던 나로선 B-062가 거의 초인적인 존재로 느껴졌다. 그때의 나는 부모님보다 B-062를 따랐고, 오죽하면 넷째 누나가 내게 로이더라며 핀잔을 줬을 정도였다. 물론 당시의 나는 알아듣지 못했지만, 로이더란 안드로이드를 옹호하다 못해 그들을 인간보다 숭배하는 사람들을 일컬었다. 예전에는 약물을 복용한 운동선수를 칭했다나 뭐라나. 반대말로는 약물을 복용하지 않은 자연인, 즉 내추럴이 있었는데 지금은 그 단어가 안드로이드 반대파를 지칭하는 말로 쓰였다.

나를 로이더라고 불리게 만들 정도였던 B-062의 유능함에도 불구하고 부모님은 B-062를 별로 달갑게 여기진 않으셨다. 내가 B-062를 따라다니는 것까진 막지 않았지만, 길거리에서 구른 탓인지 이곳저곳 도색이 벗겨져 사람 피부가 벗겨진 것처럼 얇게 긁힌 빨간색 상처들을 커버해 준다든가 하는 아주 쉽고 간단한 조치조차 해 주지 않았다. 그뿐이랴, B-062는 재테크나 세금 처리 같은 부분까지 관장할 수 있는 고급 안드로이드였는데도 부모님은 그에게 계좌 하나 알려준 적이 없으셨다.

부모님이 안드로이드 반대파, 즉 내추럴이었는가 한다면 그건 잘 모르겠다. 그랬다면 B-062를 진작 내다 버리지 않으셨을까? 우리 집에는 나를 포함해 6명의 아이들이 자랐고, 맞벌이를 하는 부모님이 우리 모두를 케어하려면 고양이 손이든 안드로이드 손이든 빌릴 수밖에 없었던 걸 테다. 아버지는 아마 길거리에서 B-062를 보자마자 그 생각으로 집에 데려다 놓고, 고가형다운 B-062의 고차원적인 능력들은 전혀 필요 없었던 것일 수도 있다.

B-062가 오랫동안 이름이 없었던 것은 실질적인 소유주인 아버지가 딱히 이름을 지어 주지 않았기 때문이었다. 없다기보단, 아버지가 내게 알려주지 않으셨을 수도 있고. 나는 B-062를 비제로라고 불렀다. 나중 가서는 그 이름이 못마땅하게 되었지만 익숙해져서 바꾸기도 뭣했다. 왜 못마땅했냐면, B-062는 똑똑하니까. B-062는 똑똑한 안드로이드답게 내가 본인을 비제로라고 부른다는 것을 금방 저장하고 부를 때마다 즉각 반응했다. 가끔은 내 성적을 말했는데 B-062가 뒤돌아보기도 했다. 부르셨나요? 라는 표정으로.

그리고 마침내 B-062에게 이름이 생겼던 것은 내가 막 고등학생이 되었을 무렵이었다. 예전부터 아버지는 당뇨를 앓고 계셨고, B-062는 술을 끊고 지속적으로 병원을 가라고 앵무새처럼 반복해 말하곤 했다. 아버지가

화를 내고 물건을 집어던져도 아랑곳하지 않았다. 이것은 안드로이드의 장점 중 하나이다. 인간이 뭐라고 지랄을 하든 전혀 겁먹지 않으며, 인간 스스로가 원하는 일이 때로는 인간을 해치는 일이기도 함을 단호하게 알리고 그만두도록 권고할 수 있는 것. 하지만 아버지는 본인도 최근 몸 상태의 심각성을 느끼셨던 듯 딱 그날만큼은 고분고분 B-062의 말을 들어주었다. 한밤중에 요란하게 속을 게워내고 한바탕 술병을 앓고는 깨닫는 바가 있으셨을 것이다. 아버지의 심경 변화가 어떻든 B-062는 오랜만에 고분고분해진 아버지를 쉽게 들쳐업었다. 인간이었다면 65kg도 나가지 않을 법한 나뭇가지 같은 몸으로 말이다. 나는 옆에서 조금 거들었을 뿐이다.

병원 접수대에서 B-062가 키오스크에 손가락을 꽂자 접수 절차가 금세 완료되었다. 나는 항상 하던 생각을 또 하던 참이었다. 아버지는 B-062를 버려 놨던 사람에게 감사해야 한다는 생각. 그때 키오스크 위로 어떤 문구가 떠올랐다. '이름을 말씀해 주십시오.' B-062가 뭐라 대꾸하려 입을 열려던 찰나 아버지가 선수를 쳤다. 아버지는 어눌한 발음으로 말했다. '임동수.'

그렇게 B-062의 이름은 공식적으로 임동수가 되었다. 아버지의 이름이었다.

3

다시 영감과의 대화로 돌아가자면, 안드로이드를 범인으로 지목한 내 말에 당연하게도 영감은 어이없어했다.

- 안드로이드가 니 가족을 다 죽였다고? 이 새끼, 내추럴이었냐.

영감이 어이없다는 듯 혀를 끌끌 찼다. 나는 굴하지 않았다.

- 가족들이 모두 죽고 유산은 제가 전부 수령했습니다. 얼마 되지도 않는 금액이었어요. 영감님이라면 돈 때문에 가족에게 칼을 들 겁니까?

- 쯧쯧… 자, 너희 가족 중에 딱 한 명이 불만을 품었다고 생각해 보자고, 잉? 그리고 그 한 명이 불만을 입 밖에 냈다. 그럼 이제 어쩔겨? 그 불만에 대한 불만이 생긴 사람이 있겠지? 불만에 동조하는 사람도 있을 테고. 거칠게

말싸움이 오간다. 누군가는 말리려 들겠제. 싸움은 더 격해진다. 말리던 다른 가족들도 휘말려 버린다. 그걸 보고 누가 또 화가 나 달려든다…. 싸움이란 게 거창한 게 아니다. 칼을 들 정도의 심각한 싸움도 다를 바가 없어요. 흔~히 있는 일이여.

그건 경찰들에게도 수없이 들었던 설명이었다.

그날, 내가 도착하기 전, 아버지가 생전 지내던 자택, 그리고 어머니가 머무르시던 곳은 가스 폭발로 인해 통째로 날아가 버렸다. 그건 즉 사건 현장이 사라졌다는 말과도 같았다. 그러나 형체가 거의 남아 있지 않은 시신들에서도 과학은 기꺼이 몇 가지 흔적들을 찾아냈다.

셋째 형의 몸에 남은 칼로 찌른 상흔. 어머니의 몸에 남은 칼에 베인 상흔.

가족들의 몸에 자상이 있다는 그 말을 다른 사람이 경찰로부터 들었더라면, 모두들 내 이야기를 들으면 돌려주곤 하는 그 반응을 보였겠지. 역시 돈 문제엔 가족도 어쩔 수 없구나! 혹은 싸우다 다 죽어 버렸구나! 하지만 나는 그렇게 생각할 수 없었다. 우리 가족끼리 그런 짓을 했다고? 그런 생각은 추호도 하지 않았다. 외부의 이런저런 말들이 나를 흔들어 놓았지만, 결국 나는 제자리로 돌아왔다.

나에게는 가족들과 함께했던 25년의 시간이 존재한다. 각자의 삶을 살며 조금 소원해졌더라도 어릴 때부터 함께해 온 내 가족, 내 편이었다. 아주 화목했다고까지 말할 순 없지만, 그런 끔찍한 사건이 벌어질 정도로 무언가가 결여되어 있지는 않았다고 단언할 수 있다.

경찰은 셋째 형과 어머니의 몸에 남은 상흔, 그리고 가스 폭발이 사고가 아닌 고의로 일어났다는 것 이상의 사실을 알아낼 수 없었다. 그 어떤 명탐정도 더 이상 추리를 할 수 없을 만큼 모든 게 깨끗하게 날아가 버린 탓에 추측도 불가능했다. 유일한 목격자이자 용의자인 B-062, 임동수를 조사했지만 결과는 무오류. 그의 기본적인 세팅에는 문제가 없는 것으로 판별났다. 실제로 가스 폭발 당시, 가장 가까이에 있던 넷째 누나를 감싸기도 했다. 비록 누나는 목숨을 잃었을지라도.

수사 결과가 발표된 이후, 유일하게 남은 유족이자 알리바이를 가진 내 강력한 주장에 첫 안드로이드 살인 사건이 발생한 줄 알고 한껏 달아올랐던 언론은 뺨을 한 대

얻어맞은 것처럼 급격히 얌전해졌다. 사건은 유산 때문에 싸움이 났고, 그러다 가족 중 누군가의 고의로 가스 폭발이 일어난 것으로 결론이 났다. 나는 그 모든 인식들을 뒤집고자 고군분투했지만 실패했고, 결국 범죄자가 되어 교도소에 갇히는 신세가 되었을 뿐이다.

- 가스가 어쩌다 터졌는진 모르겠지만, 불가능한 건 아니제. 니 형제자매가 그런 짓을 했다고 믿고 싶지 않은 건 이해가 되는디. 안드로이드가 건드렸다는 건 말이 안 돼. 어쩌다 가스가 터졌는진 모르겠지만 불행한 우연이었다고 생각하면 되잖여? 치고받다 보면 세간살이를 다 때려 부수는 것도 예삿일이니께.

나는 내가 흠씬 두들겨 맞았다는 것도 잊고 왕고를 무시무시한 눈깔로 째려보았지만, 그는 눈썹 하나 까딱하지 않았다.

- 그런 주장은 소용이 없었습니다. 애초에 집 하나를 통째로 날려 버리는 가스 폭발이 좀 부주의해서 일어날 수 있는 일도 아니고, 우연일 수가 없다고 했다고요.

- 적어도 우연이라는 게 안드로이드가 했다는 것보다야 말이 되지. 내가 안드로이드에 대해서라면 그 개발자

양키놈 다음으로 제일 잘 안다고 자부한다야. 그놈들은 절대 사람을 해치지 못혀. 그 옛날 소설도 안 읽었냐? 안드로이드의 기본적 원칙은 어떤 상황에서도 인간에게 해를 가할 수 없는 거라고 말이야.

 - 영감님의 말에는 오류가 있습니다.

그러자 왕고 영감이 눈썹을 들썩였다. 이 자식이 감히 아직도 수긍하지 못하고 뻗대고 있는 건가? 라는 표정이었다. 하지만 이제 내 눈에는 뵈는 게 없었다.

 - 아무리 가스 폭발이 있었다고 해도 현장 재현이 아예 불가능하다는 점은 이상합니다. 가스 폭발은 우연으로 일어났다고 쳐도, 현장 수사 기술의 상궤를 아예 벗어나 버릴 만큼 완벽한 폭발이 일어나는 우연까지 겹치면, 그때도 모든 게 우연이라고 할 수 있을까요? 가스 폭발이 왜 일어났는지조차 알아낼 수 없을 정도로 말입니다! 우연에 우연. 몇 퍼센트의 확률입니까? 그걸 완벽하게 계산할 수 있는 건, 인간입니까 안드로이드입니까?

나는 피를 토하듯 말을 쏟아냈다. 안드로이드가 인간을 죽이는 게 왜 불가능하다는 말인가? 가족끼리 칼을 들고 싸우다 다 죽어 버렸다는 얘기는 쉽게도 하면서! 이건 내가 이미 입 밖으로 한 번 내뱉어 본 적이 있는 말이었다. 무심한 눈으로 안드로이드 B-062에게서 어떤 오류도 찾지 못했다고 선언한 안드로이드 전담 수사관에게.

- B-062의 블랙박스는 유산 분배가 막 시작되는 시점에서 끊겨 있었습니다. 본래 안드로이드의 데이터는 재산 등 사생활에 관련된 부분을 자동 필터링하게 되어 있죠. 그건 납득할 수 있습니다. 하지만 특정 단어나 숫자만 필터링하는 최신 필터링 기술이 B-062에게 탑재되어 있지 않아서, 모든 부분을 다 필터링해 버렸다는 건 납득할 수가 없습니다. 신기술이 적용된 모델 목록에는 명확히 B-062가 포함되어 있는데, 정식으로 테트리스 사에서 구입한 게 아니라서 업그레이드가 안 된 '것 같다'고 했습니다! 그런 부실한 설명은 사양하고 싶습니다. 저는 명확한 설명을 원합니다. 제 가족들이 무참하게 죽어 버린 사건에 대해서요. 이게 무리한 요구입니까?

감방 안에 조용한 침묵이 흘렀다. 왕고 주변에 앉은 근육 빵빵한 아저씨들이 어깨를 슬슬 돌리며 왕고 영감을 흘끗 쳐다보았다. 신호가 떨어지면 곧바로 한 대 치겠다는 듯이. 나도 말을 뱉어놓고 후회하던 참이었다. 왕고 영감은 이 일과 아무런 관계가 없었다. 그에게 말을 쏟아내 봤자 아무런 의미가 없었다. 하지만 그는 뜻밖의 대답을 내놓았다.

- 정말 확신하는 거여?
- ….
- 안드로이드가 그럴 이유가 뭐디? 동기가 있을 거 아녀.
- 그건 저도 모릅니다. 애초에 안드로이드는 인간이 아닌데 살해 동기 같은 게 있을까요? 뭔가 오류가 있어, 잘못된 행동이 실행된 것이라고 추측합니다. 그리고 저는 그 잘못된 행동이 실행되었음을 밝히고 싶은 거고요. 사건이 발생한 즉시 경찰이 증거 수집이라는 명목으로 사건 현장에서 B-062를 바로 가져가 놓고는 저한테는 대면할 기회를 주지 않아서 제 안에는 풀리지 않은 의문이 너무 많습니다. 경찰이 그 의문들을 모두 해결해 주지도 못했죠. 조사 협력은 결과가 안 좋게 나오면 타격을 입게 되어 직접적으로 이해관계가 있는 테트리스 사와 잘만 해놓고서, 사건 당사자나 다름없는 저는 거의 배제해 버렸거든요.

- 네 녀석이 지금처럼 감정적으로 굴었다면 그쪽에서 취할 입장이야 뻔하지. 가뜩이나 안드로이드 수사부 놈들은 가만히 있어도 재수 없게 구는 놈들이야.

B-062를 회수하고 절대 내게 보여주지 않았던 경찰들의 조치에 격하게 항의했던 것은 사실이었다.

 - 제 대처도 경솔했지만, 경찰 쪽도 아주 불친절했습니다. 전문가도 아닌데 B-062를 봐서 알 수 있는 게 뭐가 있냐며 냉정하더군요.

 - 태도가 영 별루긴 한데 틀린 말은 또 아니구만. 안드로이드의 기본 원칙이 손상된 기록만 없다면 문제가 없는 게 맞지.

왕고 영감은 생각에 잠긴 듯이 나를 뚫어져라 쳐다보았다.

 - 니 그 터무니없는 주장에 설득력이 생기려면 말이다, 안드로이드를 의심한 것에 대한 더 쎈 증거가 필요해. 우리 가족들은 그랬을 리 없다! 이건 애새끼두 할 수 있는 주장이다, 이 말이여.

 - …B-062는 경찰 수사 동안 테트리스 사로 넘기졌고 종료된 이후에도 저에게 양도되지 않았습니다. 폐기 처

분이 논의되고 있다는 소문이 돌았죠. 저는 테트리스 사에 잠입했고 B-062와 몇 분 정도 대화할 기회가 있었습니다.

 - 허어, 이 새끼. 은근히 행동력이 있네?

 - 제가 얼마나 절박했는지 그들이 몰랐던 것뿐이죠. 저는 당연하게도 B-062에게 질문 공세를 퍼부었습니다. 안드로이드라는 것도 잊고 사람을 대하는 것처럼, 궁금한 것들을 모조리 쏟아 냈습니다. 정말로 아무런 데이터도 없는 것인지, 무슨 일이 있었는지. 끌려 나가기 몇 초 전에는 발치에 무릎을 꿇고 애원하기까지 했어요. 하지만 B-062는 아무런 대답을 하지 않더군요. 대답을 하지 못하는 건지, 않는 건지는 알 수가 없었습니다.

그건 의도적인 침묵이었다. 너무나도 인간적인 회피 행위에, 당초에는 B-062를 그렇게까지 의심하지 않았던 나는 처음으로 분노를 느꼈다. 나의 선생님이자 친구였던 B-062에게. 설명을 해달라고 울부짖는 나를 무시한 B-062에게. 결국 B-062를 파괴하기 위해 난동을 피우다가 체포되었다. 이건 변명할 여지없는 내 실수고 멍청한 짓이었다. 그 이후 B-062의 소유권은 테트리스 사에게 완전히 넘어가 버렸다. 물론 그런 짓을 하지 않았더라도 B-062가 내 앞에 대령되었을 리는 없겠지만.

　- 네놈의 확신이 너무 감정적이라곤 생각하지 않고?
　- 저도 끊임없이 의심했습니다. 아니, 모든 것들을 의심했죠.

　하지만 내 결론은 언제나 같았다.
　- 그럼, 한 번 니 말이 맞나 보자고.
　- …예?
　- 그 안드로이드, 빼 와서 내한테 데이터를 보내 봐라. 그럼 내가 한 번 살펴보게.
　- …제가 그 짓을 하려다가 여기에 갇히게 된 겁니다만.
　- 아이고, 그럼 이번엔 성공할 수 있겠네.

　왕고는 씨익 웃었다. 옆의 근육 아저씨들도 전혀 뭐가 뭔지 알지 못하겠다는 얼굴로, 하지만 눈치껏 따라 웃었다.

　그리고 이때의 대화는 현재에 이른다. 나는 무기징역으로 감옥에서 썩을 왕고 영감에게 유흥으로 살인 사건에 연루되었을지도 모르는 아주 흥미로운 안드로이드 개체의 데이터를 전송해 주고, 영감은 안드로이드를 분석해 내게 '진실'을 알려 준다는 거래. 계약서도 쓰지 않은 거래이지만 나는 감옥 생활이 지루해 미쳐 버리려 하는 그 싸이코 영감이 약속을 지킬 것을 빤히 알았다.

나는 테트리스 사에 침입해 B-062를 탈취 또는 파손하려고 했고, 기물 파손을 비롯한 여러 불법적인 일을 종합적으로 저질러 징역 3년을 선고받았다. 왜 그렇게까지 하느냐고 누군가가 질문을 던진 적이 있다. 교도소의 다른 죄수였던가? 아니면 날 붙잡은 경찰이었던가? 잘 기억은 나지 않는다. 그때 나는 그저 담담하게 대답했었다. 가족들이 모두 석연치 않은 사유로 한날한시에 죽었는데, 다들 열심히 사느라 그들을 대변해줄 그들만의 가정을 꾸리지도 못해 그들을 생각해 줄 유가족은 오직 나뿐이라고. 내가 나서지 않으면, 유산 때문에 가족끼리 상잔을 벌였다는 사실이 확정되어 버릴 거라고. 그러니까 이건 의무의 수행이자 미련의 해소였다.

이번에도 나에게는 각오가 되어 있었다. 다시 교도소에 들어가게 되는 한이 있더라도 가족들의 명예를 되찾겠다는 각오였다.

4

"아직도 더우십니까?"

"아뇨."

지금은 덥다기보단 온몸이 부러진 듯이 욱신거렸다. 내장은 누군가가 주물럭대는 듯했고, 복부는 안에서 누군가가 바늘로 찌르고 있는 듯했다. 그에 대해선 말하지 않았다. 지금까지 호출만 몇십 번을 했는데, 아무리 불러 대 봤자 소용이 없었다.

태블릿을 몇 번 조작하던 간호 안드로이드가 나가고, 나는 창밖을 바라본다. 요즘에는 쉽게 볼 수 없는 울창하게 우거진 산이 내보이는 창. 당연하게도 스크린이 탑재된 창문으로, 바깥 풍경에 실제 산이 우뚝 솟아 있는 것처럼 생동감 넘쳐 보이는 것은 그저 기술력의 발현이며 현실이 아니었다. 병원에 이런 시스템이 필요한 이유는 내가 입원해 있는 이 병원이 대부분 죽을 날을 받아 놓은 환자들을 위한 병원이기 때문이다.

그들은 옛 소설에 나오는 것처럼 '마지막 잎새'를 보고 싶어 했다. 마치 자신들이 흙으로 곧 돌아가리라는 것을 예감이라도 하듯, 자연과 조금이라도 더 가까워지지 못해서 안달이었다. 온갖 수술용 로봇과 안드로이드로 점철된 병원이란 곳 자체가 자연과는 거리가 멀다는 것을 생각하면 조금 우스운 촌극이고, 죽음이 예정되어 있어 병원에 유폐되다시피 한 그들의 처지를 생각해 보면 어딘가 씁쓸해지는 비극이었다.

부러진 것만 같은 기분이 드는 팔을 들어 올려 보았다. 살을 저미는 듯한 통증이 느껴져 저절로 얼굴을 찌푸렸다. 아주 조금 아플 거라더니. 마약 중독자의 말 따위를 믿을 수 없는 건 알지만 이렇게까지 구라를 칠 줄은 몰랐다. 덕분에 병원에 입원하게 되었지만.

매트리스 안쪽에 숨긴 약물이 얼마나 남았는지 들춰 보고 도로 누우니 벌써 오후 7시였다. 또 다른 안드로이드가 들어와 침대 위에 있는 버튼을 눌렀다. 침대가 나를 위에 얹은 채 병실 밖으로 천천히 이동하기 시작했다.

"요즘은 기분이 어떠신가요?"

"별로 좋진 않아요."

상냥한 질문에 무뚝뚝한 대답을 돌려줘도 인간처럼 감정이 상하지 않는 안드로이드는 미소를 유지할 뿐이다.

나는 그 자연스럽게만 보이는 미소 위에 B-062이 짓던 미소를 겹쳐 보았다.

인공적으로 조성된 정원 앞에 다다라 침대에서 내려왔다. 부축해 주는 안드로이드의 손길을 거부하고 다리를 땅으로 끌어내리자 순간 중력이 나를 짓누르는 것 같은 착각에 빠져들 정도로 몸이 무거워졌다. 다리를 다치기라도 한 것처럼 절뚝거리면서 정원 안으로 들어서자마자 자연의 것과 미묘하게 다른 풀향이 비강 깊숙한 곳까지 파고들어 왔다.

"왔나?"

"일찍 오셨네요."

"정원 구경하는 게 내 유일한 보람이니까. 좀 걸으세."

"네."

휠체어가 지이잉 소리를 내며 자동으로 움직여 풀들을 짓밟았다. 정말 자연 풀인 것처럼 즙이 배어나며 꺾였던 풀은 오래 지나지 않아 서서히 고개를 쳐들며 제 모습을 찾았다.

휠체어에 앉은 노인은 김 할머니였다. 산책 시간에 대뜸 "자네, 내 장남을 닮았구만." 하고 말을 걸어오기에 대화에 응하면서 안면을 텄다. "장남이요?" "그래, 그 불효자식 말이야." 막내에 가까운 내가 장남을 닮았다는 말은 누구에게든 처음 들어보는 말이었다. 김혜민은 배우자를 잃고 몇 년 전에 입원해 왔다고 했다. 그는 연명 치료를 원하지 않았고, 자녀들에게 의지하는 대신 최신식 시설 속에서 안드로이드들의 보살핌을 받는 것을 선택했다.

살이 많이 붙어 혼자서는 몸을 가눌 수 없는 그는 내 아버지와 같은 질병을 앓고 있었다. 성인병과 그로 인한 합병증들. 세포들이 제대로 일을 하지 않고, 서서히 늙어 가고 있었다.

"이곳에 있으니 세상 돌아가는 꼴을 잘 모르겠어. 정말로 늙어 가는 기분이야. 가만히 누워서 시간을 낭비해야 하는 기분이란. 쯧."

"젊어서 열심히 사셨으니, 이제 누워서 편하게 쉬실 때가 된 것뿐이죠. 진짜 걱정해야 할 건 이 나이에 몸이 고장 난 저 아니겠습니까."

사실 진짜로 몸이 고장 났다기보다는 그렇게 만들어 주는 약물을 투여한 것뿐이지만. 테러리스트들이 일부러 배포했다는 소문이 돌아 오히려 값이 천정부지로 치솟았다는 신상 약물은 그 황당한 설명을 감안하고도 믿을 수 없을 정도의 가격을 자랑했다.

"자네에겐 젊음이 있지. 그것만으로도 다 가졌어."

백내장으로 뿌예진 눈동자가 나를 똑바로 바라보았다. 나는 엄밀히 말해 이분을 기만하고 있는 입장이었기에 할 말이 없이 눈을 굴려 시선을 피해 버렸다.

"최근에 본 뉴스로는 인간을 냉동시켜 미래로 보내는 기술의 개발에 진척이 있다더군. 자네는 아직 젊으니 거기에 희망을 가져 봐도 되겠지."

"그렇게 되면 좋겠지만요."

대답에 영혼이 없는 까닭은 내 현재 목표가 전혀 미래 지향적이지 않은 덕이다. 불법 약을 처먹고 개명을 하는 것까지 감수한 내 타깃은 딱 하나였다. 이 병원에 있는 B-062였다.

도시 외곽에 위치해 있는 이 병원은 기존의 종합 병원이 망하고 생긴 곳이다. 병원을 요양 병원에 가까운 고급 병원으로 재개장하고 싶어 했던 병원장은 의료용이라기보단 간호용에 가까운 안드로이드, 특히 인간과 오랫동안 함께한 데이터가 있는 안드로이드를 원했다. 그런 그의 눈에 수십 년간 고위험 환자-우리 아버지 얘기다-의 곁을 지키며 보살피고 약을 먹이고 병원에 데려가고 간병했던 데이터가 있는 B-062가 들어온 건 당연한 수순이었다. 병원장은 인맥을 이용해 테트리스 사로부터 안드로이드를 구매했고, 시간이 흘러 병원을 아들에게 물려주었다. 아들은 병원을 대폭 확장시키며 기존의 안드로이드들과 설비들을 그대로 가져갔다.

  나는 왕고 영감과 거래를 했으면서도 B-062가 이미 폐기되었을 가능성도 생각하고 있었다. 그런데 그들은 그러지 않았다. 왕고 영감은 테트리스 사에서도 누군가 B-062의 새 보금자리를 찾아내리라곤 예상 못했을 거라고, 그러니 폐기하는 대신 팔아넘겼을 거라며 의기양양했다.

  "너무 그렇게 비관석일 필요 없어. 그나저나 간호 안드로이드들이 마음에 안 든다고 변경 신청을 또 했다더니, 새 안드로이드들은 어떤가?"

  "음, 이번에도 제가 원하는 스타일은 아닌 것 같습니다. 한 번 더 신청을 해 볼까 생각 중인데…."

  "그러지 않는 게 좋아. 그랬다가 퇴소당할 수도 있어.

내 옆, 302호 병실 환자가 갑자기 산책을 안 나오더라니 강제 퇴소당했다더군."

아. 나는 탄식을 내뱉었다.

"병원 측이 갑이군요. 환자를 퇴소시키다니."

"수요가 넘쳐나니까 말이야. 나만 해도 주위 지인 중 여기 병원장이랑 가까운 이가 있어서 인맥 덕을 좀 봤어. 그러고 보니 자네는 운이 좋았군. 젊은 환자는 웬만해선 받지 않는다던데."

"그런 셈이죠, 하하."

웃어넘기면서도 내 머릿속은 안드로이드 변경 신청으로 가득 찼다. 병동도 많고 안드로이드도 많은데다 환자들을 철저히 분리시켜 운신의 제약을 두는 곳이라 무슨 수로 B-062를 찾아야 할지 감이 잡히지 않았다.

그날 밤을 뜬눈으로 지새우며 생각해 봤지만 정신적으로 이상이 있는 환자들도 있는 탓에 보안까지 완벽한 이 병원에서 어떻게 은밀하게 움직일 수 있을지 끝끝내 생각해 내진 못했다. 테트리스 사에 침입했을 때는 유가족이라는 입장을 이용하기도 했고 운도 좋았다. 이번에도 운이 따라 줄지는 알 수 없는 노릇이다. 왕고 영감과 연락을 해 보려 해도, 감옥 사정에 따라 답을 주지 못할 수도 있다던 그와는 일주일째 연락이 되질 않았다. 물론 연락한다 해도 그가 특별히 해결책을 내주지는 못했을 것이다. 그저 내 마음에 위안거리가 하나 생길 뿐.

내가 계속 잠들지 못하자 간호 안드로이드가 와서 수면과 진정에 도움이 된다며 약을 하나 먹이고 갔다. 좋은 꿈 꾸세요. 그 말에도 불구하고 한참 잠들지 못했다.

5

'이게 뭐야?'
'아. 이건 제 이전 친구분이 그려준 거예요.'
나는 손을 짚고 그의 눈동자를 자세히 들여다보고 있었다. 반질반질한 눈. 마치 곤충의 눈을 들여다보는 것처럼 어딘가 이질적이다. 그 위에 작게 별이 그려져 있었다.
'하지만 눈에 뭘 그리면 아프잖아.'
'저는 아프지 않습니다.'
'그런 게 어디 있어?'

그는 난감하다는 듯이 미소를 지었다.

'학대 행위에는 저항하는 것이 맞지만, 제 이전 친구 또한 현수님처럼 어린 분이셨기 때문에 잘못된 행위라고 생각하지 못하셨을 겁니다. 그래서 거부하지 않았답니다.'

'에엥… 난 잘 모르겠어.'

나는 어려도 그런 개념 없는 짓을 하진 않아, 라는 눈빛을 보내도 별 반응이 없이 웃기만 하자 실망해 다시 교과서로 눈을 돌렸다. 교육 단체들의 항의에 다시 종이로 회귀한 교과서는 아주 두꺼워서 보기만 해도 짜증이 났다. 퓨우우 숨을 뱉으며 한 장 한 장 읽어 내렸다. 전쟁 이후 세계는… 평화 협정을… 안드로이드 병사들을 육성하려 했다가… 합의하에 제재 조치를… 아, 졸리다. 고개가 툭 떨어졌다. 세상이 암흑에 잠겼다.

그리고 현실의 나는 눈을 떴다.

우우우웅- 하는 소리가 귓속을 가득 채우고 있었다. 공기는 아주 버석버석해서 코에서 피 냄새가 나는 것 같은 착각이 일었다. 냉동되었다가 막 해동된 것처럼 뻣뻣한 몸을 간신히 일으켜 세웠다. 탁자 표면을 더듬어 메모지를 집어 들었다. B-062. 눈. 별. 글씨가 심하게 삐죽댔다.

언제 B-062가 나에게 이전 주인에 대한 얘기를 해 줬지? 안드로이드는 윤리적 문제로 국제적 합의에 의해 소유주를 주인이 아닌 친구라고 부르게 되어 있다. 이전 친구분. 왜 이 기억을 여태까지 떠올리지 못하고 있었을까?

그리고 무엇보다도 중요한 건 B-062의 눈에 별이 그려져 있다는 점이다. 폭발로 인해 B-062가 상당히 손상되었음은 테트리스 사에 잠입하여 이미 확인했다. 즉 이후 병원에 판매할 때는 외관 부품을 갈아 끼웠을 수밖에 없다. 여기서 문제는 이거였다. 과연 눈동자까지 갈아 끼웠을까? 안드로이드의 부품 중 제일 비싼 축에 드는 곳이다. 기억상으로는 내가 테트리스 사에 들어갔을 때만 해도 눈은 그대로였다. 바꾸지 않았다면, 눈을 들여다봄으로써 B-062를 알아볼 수 있다.

메모지 위에 펜으로 꿈속에서 보았던 모양을 덧그렸다. 낮에 보이는 실제 별처럼 아주 가까이서 봐야 확인할 수 있을 만큼 희미하던 별. 뜻밖의 실마리가 생겼다.

"별?"

김 할머니는 의아한 기색이었다.

"네. 눈에 그려져 있는 별입니다."

나는 휠체어 손잡이 위에 놓인 그의 손등에 별을 그렸다. 슥슥 다섯 개의 꼭짓점을 잇는 선들을 그린다. 이때 안쪽의 선은 지워야 한다.

"그 안드로이드를 왜 찾는 건가?"

"제가 어릴 때부터 함께 지냈던 안드로이드입니다. 불가피한 사정으로 내놓게 됐지만요."

거짓말을 하면서도 양심의 가책이 느껴지지는 않았다. 아버지의 유산 분배가 발표되는 날 가족들이 나 빼고 전부 죽었는데 그게 그 안드로이드가 한 짓 같아서 찾는다고 곧이곧대로 말하는 게 더 문제였다. 사연이 너무 복잡하고 무거우면 듣는 것만으로 화자의 감정이 옮아 피로가 느껴지기 마련이다. 꼭 모든 것을 알 필요는 없다.

김 할머니는 나보다 훨씬 높은 등급의 환자로 많은 안드로이드들이 그를 케어해 주고 있었다. 게다가 입원해 있던 기간도 아주 길기 때문에 아는 환자들도 많을 것이다. 지금으로서는 거짓말을 해서라도 그에게 기대는 방법밖엔 떠오르지 않았다.

"어릴 때 함께 지냈던 안드로이드라. 그게 이 병원에 있는 줄은 어떻게 알았나? 설마 안드로이드를 찾겠답시고 입원을 한 건 아니겠지?"

"어젯밤에 잠이 안 와서 좀 뒤적거리다 알게 됐습니다. 미리부터 알고 있던 건 아니에요."

또 다른 거짓말이었다.

"안드로이드에 애착이 있는 사람을 많이 봐 오긴 했어. 하지만 자네가 그런 사람일 줄은 몰랐군. 오히려 안드로이드를 싫어하는 편이라고 생각했는데 말이야."

예리한 말에 순간적으로 몸을 움찔했다. 내 팔에 앉았던 나비 형태의 로봇이 나와 함께 깜짝 놀라 잽싸게 날아갔다.

"네, 안드로이드를 좋아하는 편은 아닙니다. 하지만 제가 찾는 친구는… 제게 좀 특별해요."

"그러면 안 될 것도 없지. 나도 휠체어라면 보기만 해도 지긋지긋하지만 내가 예전부터 써온 이 녀석만큼은 고장 나더라도 고쳐서 쓰면 썼지 버리진 않을 거거든."

"애착이란 게 그런 거죠. 때로는 멍청한 일을 하게 만들기도 하는 것."

그래서 내가 가족들을 위해 이곳에 있었다.

유전자와 회로의 운명 • 97

6

며칠간은 아무런 소득도 없었다. 김 할머니는 생각보다 아는 환자가 적었고, 안드로이드 눈을 들여다보고 별이 있으면 얘기를 해 달라는 말을 실행해 줄 수 있을 정도로 멀쩡한 정신인 환자는 더욱 적었다.

병원의 공기는 텁텁하고 정적이었고 주기적으로 맞는 진정제 때문인지 멍하니 누워 있는 나날이 길어졌다. 중간에 안드로이드 변경 신청을 두세 번 하는 건 또 빼먹지 않았는데 그럼에도 퇴소당하는 일은 없었다는 게 나의 행운 중 하나였다. 물론 그래 봤자 변경 신청이 받아들여져 새로 배정된 안드로이드들에게서도 눈의 별은 찾을 수 없었다. 눈에 뭐가 들어가서 아픈 척 침대 위를 데굴데굴 구르며 안드로이드를 호출해 그들이 내 눈을 들여다보면 나도 같이 그들의 눈을 들여다보기까지 하면서 애를 썼지만 모두 헛짓거리가 되었다. 병원 이곳저곳을 기웃거리며 다른 안드로이드들을 찾아 나서도, 경비 안드로이드에 의해 저지당해 병실로 강제 이송될 뿐이었다.

왕고 영감은 딱 한 번 메시지를 보내왔다. 그동안 내가 보낸 메시지는 모두 무시하기라도 하는 건지 한 문장뿐이었다.

- 잘되고 있냐?
- 전혀요.

그 뒤로 길게 상황 설명을 했지만 답장은 없었다. 교도소의 상황이 여의치 않은 것이리라.

"게시판에 글을 붙여 보는 건 어떤가?"

"게시판이요?"

"정원 한가운데에 있는 게시판 말이야."

김 할머니가 조언을 건네준 건 돌파구가 보이지 않아 고심하던 때의 일이었다. 그의 말에 나는 산책을 자주 나가던 정원의 구조를 떠올렸다. 동그란 미로처럼 생긴 정원은 제일 바깥의 외벽이 원을 형성하고 그 안의 덤불로 덮인 벽들이 점차 작은 원을 그려 나가는 형태였다. 둥그런 벽들은 중간중간에 구멍이 뚫려 있어 사람이 오갈 수 있었고 나는 주로 두 번째 벽과 세 번째 벽 사이를 거닐고는 했다. 벽들에 나 있는 통로는 일정하지 않았으므로 가운데까지 들어가려면 상당히 많이 걸어야 할 것이다.

"여기 있는 양반들은 대부분 자연적인 것에 대한 환상

이 있어. 병실에 메모지를 비치해 주는 것도 흔한 일이 아닌데 왜 있는지 생각해 본 적 없나? 나무를 가공해 만든 메모지가 얼마나 자연적인지는 모르겠다만. 게시판도 그 환상의 일종이지. 거기에 글을 써 붙이면, 별것 아닌 글이더라도 꼭 몇 명이 응답을 달아주고는 해."

"게시판… 혹시 병원 관리자들이 글을 볼 염려는 없을까요? 이 병원 자체가 상당히 빡빡해서 잘못 트집이 잡혔다가는 퇴소를 당할 수도 있을 것 같아서요."

"나도 장담할 수는 없네만, 관리자들이 굳이 들여다보진 않을 거야."

그는 휠체어 속도를 올리며 따라오라고 말했다. 정원 깊숙한 곳까지 풀들을 짓밟으며 휠체어가 거침없이 앞으로 나아갔다. 그는 정원의 구조를 꿰고 있는 듯 한 번도 망설이는 법이 없었다. 뺨을 스치는 나뭇가지들을 팔로 걷어내기를 한참, 마침내 도달한 곳은 인공적이라는 것이 확연히 느껴지는 공터였다. 피아노 하나만이 놓여 있고 나뭇잎들이 빼곡하게 차 있는 하늘에 유일하게 구멍이 나 있는 영화 속의 공간과도 같이 느껴지는 곳. 그 한가운데에는 피아노 대신 게시판이 덩그러니 놓여 있었다.

게시판에 붙어 있는 메모지는 몇 개 되지 않았고 근처에 놓여 있는 메모지 묶음도 두께가 두꺼워 많이 쓰인 것 같아 보이지 않았다. 다가가 메모지 한 장을 떼어내고 메모지 묶음과 같이 놓여 있던 펜을 쥐었다. 펜은 병실 탁자에 놓여 있는 것과 같은 종류로, 아주 가볍고 얇은 볼펜이었다. 고개를 들어 게시판에 붙어 있는 메모지들을 살피니 몇몇 메모들은 다른 종류의 펜으로 쓴 것처럼 글씨의 형태가 달랐다. 그중에서도 가장 굵은 펜으로 쓰인 것 같은 메모가 있었다. 테두리가 얼룩덜룩하고 전체적으로 누렇게 변색되어 있어 오래된 느낌을 주는 메모였다.

- 정원 네 번째 벽 틈새 근처에 인형이 떨어져 있어요. 양갈래 머리를 한 여자아이 인형입니다. 주인이 빨리 찾아가셨으면 좋겠어요. 이곳으로 가져올까 하다가 주인 분이 더 헷갈리실까 봐 놔 두었습니다.

ㄴ 없는데?

ㄴ 네, 없네요. 주인 분이 찾아가셨다고 믿겠습니다.

ㄴ 내가 주인이야

 그 이후로 더 이상 답이 달리지 않은 메모를 한참 들여다보았다. 인형이 없어진 건 안타깝지만 게시판은 꽤나

유전자와 회로의 운명 · 101

순기능을 하고 있는 듯했다.

"이런 곳이 있는 줄은 처음 알았습니다. 입원하면서 사소한 주의 사항까지 다 들었는데 놓친 부분이 있었던 걸까요?"

"병원 측에서 만들어 준 게 아니라 예전에 죽은 어떤 환자가 만들어 놓은 게시판이라서 그래. 필수적인 편의 시설도 아니니 굳이 안내해 줄 필요가 없었겠지."

게시판 표면을 손가락으로 훑으니 거칠거칠했다. 종이를 위에 올린 뒤, 테두리에 꽂혀 있는 핀을 꽂아 고정시키는 형태로 보였다. 나는 메모지를 게시판에 두고 펜을 들었다.

"뭐라고 쓸 건가?"

"간단하게 제 사연과 찾고 있는 안드로이드의 특징을 적을 생각입니다."

"만약 효과가 없더라도 너무 실망하진 말게. 이곳까지 오는 환자들이 생각보다 그렇게 많지 않아."

"괜찮습니다. 알려 주신 것만으로도 감사합니다."

조금 고민되어 머뭇거렸지만 의외로 글은 술술 써졌다.

- 저의 어릴 적 친구였던 안드로이드를 찾습니다. 이

병원에서 일하고 있고, 눈에 다섯 갈래로 뻗친 별이 그려져 있습니다. 연락 주세요. D동 302호.

7

ㄴ 찾은 것 같음. 9일 13시. E동 208호

예상보다 훨씬 빠르게 반응이 왔다. 메모지를 붙인 지 불과 이틀만이었다. 마침 답을 확인한 것이 9일 11시여서 나는 꼬박 2시간을 기다려 E동 208호 사람을 기다렸다. 하지만 약속한 13시까지도 정원 한복판에는 사람이 거의 오가지 않았고 눈치껏 살펴보았지만 208호처럼 보이는 사람은 없었다. 208호가 나타난 것은 9일 13시만이 딸랑 적혀 있길래 약속 시간을 잡은 줄 알았는데 아니었나 싶을 즈음, 정원 통금 시간까지 계속 기다려 보기로 마음먹고 김 할머니를 돌려보낸 뒤 2시간이 지난 이후였다.

그는 여성일 거라는 내 내심의 생각과 달리-글씨체가 단정하다는 데서 판단했고 물론 편견이 맞다- 남성이었고, 나보다는 조금 나이가 있어 보였지만 생각보다 젊었다. 님이 D동 302호세요? 다가와 대뜸 묻더니 대답도 않 앉는데 본론에 들어갔다. 지나치게 횡설수설하는 탓에 반쯤 알아들을 수 없었던 그의 말의 요지는 대략 이러했 다. 희귀병 환자라 어릴 때부터 병원에 있었고 이 병원에 는 처음 열었을 때 옮겨 왔다. 사람과 교류를 잘 하지 못 해 안드로이드들과 소통하는 것을 좋아하는데 그럼에도 처음 보는 안드로이드와는 낯을 가리는 편이다. 병원에 처음 입원했을 때 모르는 안드로이드들이 너무 많아서 다시 이전 병원으로 돌아갈까 고민했는데 한 안드로이드 가 마음에 들어서 계속 입원해 있기로 했다. 그런데 메모 를 보고 혹시나 싶어 그 안드로이드 눈을 들여다보니 별 이 있더라. 너무 희미해서 잘 안 보였지만 틀림없는 별이 었다.

"그 안드로이드는 어떻게 생겼나요?"

"음… 그니까요, 그냥… 안드로이드요."

"안드로이드처럼 생겼다고요?"

"네, 네."

더 자세하게 물어보고 싶었지만 포기한 이유는 위와 같다.

"그, 근데 어떻게, 볼 생각이에요?"

"그 안드로이드를요? 음… 생각 중입니다."

"제가 해 드릴, 도와줄 수 있어요."

나는 이미 전과가 있는 몸이니까 괜찮지만 다른 사람을 끌어들이고 싶진 않았다. 그래서 계속 설득했지만 그는 뜻을 굽히지 않았다. 내가 무슨 이유로 안드로이드를 찾아 헤매고 있는지 안다면 엮이고 싶지도 않을 텐데. 그래서 사건의 심각성을 조금 축소하고 몇몇 사실들을 제외한 거의 모든 사실을 다 털어놓았지만 그렇게까지 했는데도 그는 날 도와주겠다고 했다. 사실 그는 오히려 내 말을 듣고는 본인이 뭔가 큰 사건의 중심에라도 있는 양 흥분한 것 같아 보였다. 그동안 병원에 있으면서는 별다른 이벤트가 없었기 때문일까? 결국 원칙적으로 본인과 면회 허가를 받은 타인, 병원 소속 안드로이드들만이 출입 가능한 병실에 들여보내 주겠다는 그의 말을 받아들일 수밖에 없었다. 도움이 있다면 일이 훨씬 수월하기도 했다.

E동은 D동보다 확연히 넓었다. 김 할머니가 H동이라는 것을 떠올리며 208호실 남자의 뒤를 따라 천천히 걸

었다. 본래는 이렇게 동행을 하게 되면 경비 안드로이드들이 귀신같이 출동하지만 208호실 남자가 장담했던 대로 그가 앞장서자 누군가가 통행을 가로막는 일은 없었다. 그는 병실에 도착해서는 어디선가 접이식 의자를 꺼내 오더니 앉으라고 권했다. 숨어 있어야 하는 게 아니냐고 반문하고 싶었지만, 그럴 틈도 없이 남자가 호출벨을 눌렀다.

나는 뻣뻣하게 굳은 채로 의자 위에 어정쩡하게 앉아 있었다.

B-062를 3년 만에 만나게 되는 자리였다. B-062를 찾는 과정까지는 어떻게든 되었다. 이제 데이터를 적출해 내서 왕고 영감에게 보내기만 하면 내가 할 수 있는 일은 그게 끝이었다. 하지만 내 안의 목소리가 자꾸만 내게 말을 걸어 왔다. 정말로 이게 끝일까? 그렇게 생각해도 되는 걸까? 왕고 영감이 정말 모든 걸 알아낼 수 있을까? 왕고 영감이 시킨 대로 하지 말고, 내 방식대로 B-062를 다시금 추궁해 보는 게 좋지 않을까?

안드로이드에게는 '잠금'이라는 상태가 있다. 그동안 안드로이드가 쌓아온 경험에서 이전 소유주들과의 구체적인 기억을 분리해 인간으로 치면 무의식에 해당하는 네트워크의 깊은 바닥 속에 넣어두고 자물쇠를 거는 것이다. 이는 초기화된 안드로이드가 아무리 최적화를 거쳐도 경험이 쌓이고 학습을 거듭했던 이전의 상태보다 성능이 떨어진다는 점을 보완하기 위해 탄생한 신기술이었다. 왕고 영감은 B-062도 현재 '잠금'되어 있는 상태일 것이며, 직접적으로 시스템을 해킹하는 것은 불가능에 가깝지만 '잠금'을 해제하는 것은 가능하다고 단언했다. 이제 와서 그의 능력을 의심하는 것도 웃긴 일이다. 하지만 눈앞에 닥쳐오니, 불안해지기 시작했다.

진실을 밝혀내지 못할 확률이 높다면, 그러지 말고 차라리 B-062를 이 자리에서 부숴 버릴까. 가족들의 복수라도 이행해야만 한다면.

하지만 생각은 잠시였고 곧 병실의 문이 열렸다. 문틈으로 흰 가운이 나풀거렸다. 208호실 남자가 내 옆구리를 쿡쿡 찔렀다. 저, 예요.

나는 그 형체를 뚫어져라 쳐다보았지만 머릿속을 번개처럼 스쳐 지나가는 직감 따위는 없었다. B-062를 보면 한눈에 알아볼 수 있을 것이라고 생각했던 것을 비웃듯 그것은 아주 낯설었고, 너무 낯선 나머지 외계인을 조우한 것처럼 느껴졌다. 단순히 외관상의 부품이 바뀌었기 때문일까. 혹은 직감이란 건 그저 허상일 뿐이거나, 생물이 아닌 안드로이드에게서는 아무것도 느낄 수 없는 게 당연하거나. 정신적인 무언가 대신, 내 몸의 반응만이 정직했다. 손을 지나치게 꽉 쥔 탓에 피부가 새하얗게 질렸다.

"면회를 오신 분이십니까? 출입에 관한 사항을 통지받지 못했는데…."

"면회, 맞아."

B-062는 왕고 영감의 예상대로 잠금되어 있었다. 나를 알아보지 못했다는 게 그 증거였다. 목소리 또한 내가 기억하던 것과는 달랐다.

208호실의 남자가 말을 더듬거리며 나 대신 변명을 주워섬기는 사이, 고개를 숙이고 환자복 주머니 속에 네모난 것을 손가락으로 만지작댔다. 이제는 쓰이지 않는 구식 USB. 왕고 영감의 개량을 거쳐 거의 주머니의 절반을 차지하는 크기가 되었다.

포트가 있는 모델이니, USB만 꽂으면 된다. 꽂기 전에 미리 연락을 하라던 영감의 목소리를 떠올렸다. 그가 말했던 대로 208호 남자에게서 온 답장을 보자마자 B-062를 찾았다는 메시지를 보냈다. 그는 계속 답장이 없다가, 208호 남자가 나타나기 한 시간 전에 답장을 되돌려 주었다.

'준비 완료'.

더 이상 생각하지 말자. B-062를 때려 부숴 봤자 아무것도 달라지지 않는다. 내가 해야 할 일은 진실을 알아내는 것이다. 억지로 머리를 식혔다.

"호수 씨."

"네, 네?"

B-062와 얘기를 나누던 208호의 남자를 불렀다. 그의 이름은 이호수였다.

"잡아 주세요."

그는 눈동자를 굴리다가, 이내 말없이 B-062를 붙잡았다. 원래 안드로이드의 설계상 인간이 안드로이드를 억류하는 것은 불가능에 가깝다. 인간보다 훨씬 더 힘이 세기 때문이다. 하지만 그는 B-062가 보호해야 할 환자였으므로 다치게 해서는 안 됐고, 섣불리 움직이지 못했다. 그 사이의 틈을 타 나는 B-062의 등가죽을 맥가이버 나이프로 찢고 드러난 포트에 USB를 꽂았다.

B-062가 사냥당한 짐승처럼, 알 수 없는 단말마를 내뱉었다.

8

경비 안드로이드들을 부를 필요도 없이 B-062는 재빠르게 나와 이호수를 제압했다. 등 뒤에 손이 묶인 채로 B-062를 곁눈질했지만 나와 이호수에 대한 처리를 고민하는 듯한 모습이 보일 뿐 인간처럼 화가 나 보이지는 않았다. B-062는 그저 공격으로 간주될 만한 행위를 한 우리들에 대해 일종의 정해진 대처 프로토콜을 실행한 것뿐이니까. B-062가 어떻게 판단했을지는 모르겠지만, 다행히 태도를 봐선 우리를 보호 대상에서 적으로 재인식하진 않은 것 같았다.

"왜 이런 짓을 하신 겁니까?"

B-062의 손바닥 위에는 USB가 놓여 있었다. 불과 몇

초 전만 해도 그의 등판에 꽂혀 있던 USB였다. 왕고 영감은 5초가량의 삽입이면 충분하다고 했지만 B-062가 우리들을 제압하고 USB를 사출해 버린 시간은 체감상 그것보다 더 빨랐다. 칼을 조금 더 잘 써서 USB를 좀 더 빠르게 꽂았더라면 어땠을까 하는 후회가 뒤늦게 들어도 이미 손을 떠난 일이었다.

"저는 병원 소유의 안드로이드이며 저에 대한 훼손은 병원 소유의 기물을 파손한 것과 같게 취급됩니다. 달리 말해 위법 행위입니다. 아무런 설명도 하지 않으신다면 두 분을 병원 측에 신고할 수밖에 없고 그러면 병원에서는 경찰에 연락을 하게 됩니다. 부디 설명을 부탁드립니다. 저도 호수 님을 신고하고 싶지는 않습니다."

"어차피, 못 살아."

이호수는 B-062의 전담 환자인 만큼 나와 달리 손에 묶여 바닥에 처박히지는 않았고 침대 위에 꿇어앉혀진 채였다. 그는 담담한 목소리로 제 종말에 대해서 이야기했다.

"몇 개월, 안 남았어. 기껏해야 3이나 4."

아. 나도 모르게 탄식을 내뱉었다. 그래서 내 사정을

전부 다 듣고도 나를 도와줬던 건가. 그렇게 생각하니 눈앞의 남자가 조금 안쓰러워 보였다. 거의 평생을 병원에서 살며 친구라곤 안드로이드밖에 없었다던 남자. 그에게 주어진 첫 일탈이 저를 잘 대해 주던 안드로이드의 등판에 칼을, 아니 USB를 꽂는 일을 도와주는 것이었다니. 역시 그가 도와주겠다고 해도 그러마, 하는 게 아니었나.

"섣부른 절망입니다. 치료약이 개발되고 있고, 냉동 기술도 발전하고 있습니다. 상용화 가능성에 대한 논문을 제가 읽어 드렸습니다."

"안 돼."

"설령 치료 방법이 없다고 해도, 계산된 사망 기한은 완벽한 것이 아닙니다. 의학적으로 아직 밝혀내지 못한 변수에 의해 기한이 조정될 수도 있습니다. 그 사례에 대해 말하자면 총 3건…,"

"안 돼!"

안드로이드와 달리 감정을 가감 없이 표현하는 인간답게, 이호수는 씩씩대며 외치더니 입을 꾹 다물어 버렸다. B-062는 이해할 수 없다는 듯이 고개를 기울였다. 매일 관절통을 비롯한 온갖 통증에 시달리면서도 병원을 꺼리던 우리 아버지를 보는 '임동수'의 시선이 저랬던가? 데 자뷰를 재현시켜 보려 애썼지만, 기억들은 어디에 파묻힌 것처럼 희미했다.

"기분을 상하게 해 드렸다면 죄송합니다."

묶인 손목이 알싸하게 아파와서인지, 역겨움이 치밀어서인지는 알 수 없었다. 이호수를 부드럽게 달래는 B-062를 나는 고개를 돌려 외면했다.

"그래서… 지금이라도 무슨 일인지 설명해 주실 수는 없나요?"

"…."

USB가 잘 작동되었다면 입을 열지 않아도 B-062는 내가 왜 이 병원에 숨어들었는지, 왜 눈에 별이 그려진 안드로이드를 찾았는지에 대해서 알게 될 터였다. USB는 왕고 영감의 툴을 이식하는 매개체이고, 핵심은 왕고 영감의 해킹이다. 그의 해킹이 완료되어 잠금이 해제되는 즉시 B-062는 다시 나를 기억하게 될 것이다.

깊이 묻혀 있던 기억이 되살아난다는 건, 드럼통에 넣어 바다에 던졌던 시신이 다시 살아 돌아오는 것과 비슷한 느낌을 줄지도 모른다. B-062는 지금 안드로이드 세

대 기준에 의하면 감정 스펙트럼이 그다지 넓지 않은 구형 안드로이드지만, 부디 그런 기분을 느껴봤으면 한다. 잿더미가 된 집 앞에 서 있을 수밖에 없었던 나처럼.

"그렇다면 절차에 따라 두 분을 경비 안드로이드에게 인계하겠습니다. 법적인 문제에 대한 판단은 추후 병원 법무팀에서…,"

갑자기 말이 끊기고 나는 고개를 들었다. 너무 낯설었던 B-062 대신 '임동수'가 그 자리에 있는지 확인하기 위해서였다.

눈이 마주쳤다. 분명 아주 작게 그려져 있을 텐데도, 그 눈 안에 그려진 별을 한눈에 알아본 듯한 기분이 들었다.

9

"아무런 이상도 없었다고요?"

"그래, 몇 번을 말허냐? 인간 보호를 최우선에 두고 인간을 해칠 수 없는 시스템 세팅이 그대로였어."

나는 왕고 영감의 얼굴에서 무언가를 읽어내려 기를

쓰고 노력했다. 하지만 주름진 그의 얼굴에는 그 어떠한 거짓의 기미도 없었다. 그저 곤란해하는 듯한, 혹은 동정하는 듯한 얕은 감정만이 깔려 있을 뿐이었다.

"니 가족들에게 유산 분배를 발표할 당시의 기록은 없는 게 맞아. 지운 게 아니라 애초에 기록되지 않았다. 버전이 업데이트되지 않았다는 게 거짓말이 아니었다는 거여."

"제가… 제가 USB를 제대로 꽂지 못했습니다. 5초도 안 되어서 B-062가 USB를 빼 버렸어요. 그래서 뭔가… 잘못이…,"

"날 뭘로 보고? 잠금은 제대로 해제했다니께? 니 가족에 관한 모든 기록을 다 뒤져 봤고 세팅도 다 살펴봤지만 정말로 아무런 이상도 없었어. 나도 참 유감이다, 유감이야. 하지만 없는 말을 할 순 없잖여."

그 말을 믿고 싶지 않은 나머지 마음 같아선 인간의 거짓과 진실을 분별할 수 있다는 세계에 하나밖에 없는 뇌파 분석기를 지금 눈앞에 가져다 놓고 싶을 지경이었다. 하지만 내 직감은 왕고 영감이 거짓을 말하고 있지 않다고 말했다.

"정 못 믿겠으면 다시 여기 입소햐. 면회실엔 CCTV가 쫙 깔렸는데 숨겨 놨던 컴퓨터를 갖다 보여줄 수도 없고."

안드로이드 전담 수사관은 내게 거짓을 말하지 않았다. B-062에게는 아무런 문제도 없었다. 나는 묵묵히 고개를 떨군 채 왕고 영감의 말을 들었다.

"이제 그만 잊어버려라. 보기 안됐구만. 쯧!"

왕고 영감은 회색 죄수복을 입은 감옥 내 최고 형량 범죄자 중 한 명이었기 때문에 면회 시간이 길지 않았다. 내가 고개를 떨군 채 생각에 빠져 있는 사이, 면회 시간이 끝났고 정신을 차렸을 때는 교도관 안드로이드가 내 팔을 거칠게 잡아끌고 있었다.

"말도 안 돼."

교도소 복도를 휘청휘청 걸었다. 입 밖으로 내 중얼거리자 더욱 현실의 잔인함이 뼈저리게 와닿았다.

가족들 중 누군가의 고의.

안드로이드라는 변수가 없다면, 이게 진실이 된다. 받아들이기 힘들었고, 아니 받아들일 수조차 없었다.

기억이 돌아온 듯했던 B-062와 대화를 나눠 보았더라면 뭔가 달라졌을까?

B-062와 눈이 마주친 순간 병실 내로 경비 안드로이드들이 들이닥쳤다. 인공 지능이 분석하는 CCTV 화면에서 이상이 발견되어 진입한 모양이었다. 경비 안드로이드들은 나와 이호수를 끌고 가 독방에 분리 조치하고 우리의 일탈을 병원 윗선에 보고했다.

그 이후로는 어떤 의사소통이 이루어졌는지 알 수 없다. 어쨌든 다행히도 이호수와 나는 경찰에 신고당하는 신세를 면했고 그 덕에 나는 교도소로 다시 돌아가 같은 수감자 신분으로 왕고 영감과 대화를 나누는 대신, 면회자의 신분으로 교도소에 올 수 있었다.

병원이 신고 대신 나에게 내린 조치는 퇴소였다. 일 년의 입원을 전제로 들어온 것이었는데 몇 달 만에 쫓겨나게 되었지만 병원비는 당연히 환불되지 않았다. 이호수는 퇴소 직전 김 할머니에게 전해 듣기로는 근신 처분을 받았다고 한다.

결국 B-062와 대화할 시간 따위는 없었다. 물어보고 싶은 게 아주 많았음에도 불구하고.

이 지경까지 왔는데 아무것도 납득되지 않는다면 어떻

게 해야 할까?

교도소의 파란색 문은 햇빛을 받아 반짝거렸다. 고개를 들어 하늘을 보았을 때 하늘도 아주 새파랬다.

나는 테트리스 사에서 뭔가 거짓말을 하고 있다고 생각했다. 세계 최고의 안드로이드 생산 회사이며, 그들의 안드로이드는 단 한 번도 문제를 일으킨 적이 없다. 폭발 사고나 작동 오류는 있었지만 인간이 안드로이드에게 있어서 가장 경계하는 것, 즉 인간을 해하는 문제는 없었다는 뜻이다. 그런 와중에 우리 가족의 사건이 발생했다. 나는 이것이 안드로이드 살인 사건이라고 강력하게 주장했다. 테트리스 사에서 막은 탓에 화제가 되지는 못했고, 실질적으로 내가 입증해 낸 것은 아무것도 없었으니 엄청난 위기는 아니었지만, 만약 조금이라도 꼬투리가 잡힌다면 파급력이 클 수 있는 문제였다.

하지만 아니었다. 인간 보호를 최우선 가치에 둔 안드로이드가 가스 폭발을 고의적으로 일으킬 수 있었을 리는 없다. 나는 B-062가 테트리스 사와 연결된 루트로 구매된 것이 아니라 아버지가 길거리에서 주워온 안드로이드라는 점에서 문제가 생길 수 있었다고 봤지만, 아니었던 것이다.

왕고 영감은 테트리스 사와 어떠한 이해관계도 없다. 그는 오히려 안드로이드를 분해하고 해부하고 싶어 하는 괴짜였고 절대로 감옥 밖으로 나갈 수 없는 처지라 훗날의 이득을 도모할 이유도 없었다. 그런 그가 테트리스 사를 위해 거짓말을 해 주지는 않았을 것이다.

별로 알고 싶지 않았던 진실이었다.

10

보드판 한쪽에 붙어 있는 쪽지를 읽었다. 한 달 만이었다.

- 저의 어릴 적 친구였던 안드로이드를 찾습니다. 이 병원에서 일하고 있고, 눈에 다섯 갈래로 뻗친 별이 그려져 있습니다. 연락 주세요. D동 302호.

ㄴ 찾은 것 같음. 9일 13시. E동 208호

ㄴ 혹시 몰라서 확인했는데 여긴 없어요. J동 안드로이드들을 전부 살펴봤어요.

└ T동도 없습니다.

　└ 안드로이드 만나셨나요? 궁금

　└ 소문으로는 안드로이드 찾으신 분 퇴소당하셨답니다.

　└ 퇴소요? 뭔 짓을 했길래?

　└ 그거야 저도 모릅니다. 아마 안드로이드를 강제로 데리고 나가려고 했다든가 그랬겠죠 뭐.

　└ 앗.

　└ 그래도 E동 208호 분이 제대로 찾아 주시긴 했나 보네요. 다행.

어릴 적 친구라서 찾던 게 아니라 가족들을 다 죽인 범인인 줄 알고 찾았거든요. 속으로 대답했다. 세 번째 답장을 쓴 사람의 글씨체와 다섯 번째, 일곱 번째 답장을 쓴 사람의 글씨체는 같았다. 그가 내 일에 꽤 지대한 관심을 갖고 있었을 거라 생각하니 불러서 다 얘기해 주고픈 마음이 들었다. 결론까지 듣는다면, 그가 아니라 누구라도 굉장히 황당해할 테지만.

나는 김 할머니의 도움으로 병원에 다시 입원했다. 처음 그에게서 연락이 왔을 때 거절할까도 생각했지만 그냥 감사히 받아들였다. 이번에는 약을 쓸 필요조차 없었다. 진실이 내가 원하던 것이 아니었다는 데서 온 정신적 충격 때문인지, 아니면 불법 약물 때문이든 뭐든 정말로 몸 어딘가가 고장 난 것인지 진짜 병이 생겨 버린 덕분이다. 병원 측에서는 다시 문제를 일으키면 막대한 손해 배상금을 물리겠다는 내용의 계약서를 쓰고서야 나를 받아 주었다. B-062와의 접촉 루트가 원천 차단되었음은 물론이다.

하지만 사실 그건 별로 중요하지 않았다. B-062가 병원 측에 자신과 나와 가족들이 연관된 일련의 사건들을 병원 측에 보고하지 않았다는 게 중요했다. 그렇지 않고서야 병원이 다시 나를 받아 줬을 리 없다. 배려인지 합리적 판단인지는 알 수 없지만 그것으로 내 마지막 미련마저 꺾였다.

"그걸 또 들여다보고 있나?"

"친절한 분들이 많으셔서요."

이제는 B-062고 뭐고 의미가 없지만, 사람들은 나를 돕기 위해 최선의 노력을 다해 주었다. 그것에만큼은 감사했다.

"그러고 보니 그 안드로이드와는 충분히 인사를 나눴나? 퇴소까지 당할 정도였다면 뭔가 잘 되지 않았던 건가?"

"문제가 있었던 건 아닙니다. 그냥…,"

나는 요즘 유산 분배 문제로 골머리를 앓고 있는 김 할머니에게 걱정거리를 더 안겨 주고 싶지는 않아 말을 아꼈다. 그는 어렵지 않게 짐작할 수 있듯이 상당한 부자였고, 뭔가 많으면 많을수록 나누기 어려운 것은 당연한 이치라 자손들의 충실함과 그들의 미래를 모두 고려해 재산을 나눠 주기 위한 최선의 방안을 찾고 있었다. 유산 분배의 혼선을 줄이기 위해 안드로이드들이 모든 간병을 책임지는 이 병원에 입원하기까지 했던 것이다.

"그냥 오해가 있었습니다. 잘 풀었고 인사도 잘 했습니다."

잘 풀었다는 건 순전히 내 입장이었다. B-062는 이제 우리 가족들에 관한 기억을 갖고 있을 테고, 가족들이 모두 죽었다는 것 또한 알게 되었을 테니까.

"그럼 다행이군."

"네, 그렇죠."

"요즘 고민이 많아."

한동안 정적이 깔려 있던 정원 산책 도중 김 할머니가 말을 꺼냈다. 그가 이렇게 직접적으로 말을 털어놓는 것은 처음이었다.

"유산 분배에 대한 고민이신가요?"

"그래."

나는 아버지의 유산 분배를 떠올렸다. B-062가 데이터로 남겨 놓지 않은 탓에 아버지가 누구에게 얼마를 남겼는지는 알지 못한다. 이제 와서 궁금해졌다. 과연 B-062는 어떤 기준으로 유산 분배를 했던 걸까. B-062는 아버지를 가까운 곳에서 보필했으므로 나름의 합당한 기준을 갖고 있었을 것이다.

"저는 마음 가는 대로 하시라고 말씀드리고 싶습니다."

"마음이 가는 대로, 라⋯."

"물론 너무 차별이 있거나 편애가 있으면 그건 조금 지양해야겠지만요."

"형제자매가 있나?"

"네. 꽤 많습니다."

"차별과 편애라는 건, 자네가 겪은 얘기일 수도 있겠군."

부모님은 우리 형제자매를 부양하느라 너무 바쁘셨기

때문에 차별과 편애는 느낄 틈도 없었다. 어머니가 셋째 형을 아끼시기는 했으나, 그거야 셋째 형이 워낙 특출나게 잘난 데다 어머니께 아주 잘 해드렸으니 당연하게까지 느껴졌다.

"공평하게 애정을 준다는 것 자체가 불가능하지 않나요? 납득 가능한 수준까지는 괜찮다고 생각합니다."

"인간이란 게 자네처럼 잘 받아들이는 사람이 있으면 그 반대로 뭘 해도 받아들이지 못하는 사람도 있는 법이야."

"음."

그건 어쩔 수 없는 문제였다. 편애가 있을 수밖에 없다는 건 지극히 현실적인 얘기고, 원론적으로 말하면 편애는 없어야 할 일인 게 맞지.

"너무 고민하실 필요는 없지 않겠습니까. 유산을 받을 분들의 기분을 고려하면 좋겠지만, 제일 우선이 되어야 할 건 어르신의 마음이잖아요."

"난 어차피 떠날 사람이니까. 이왕이면 최선의 선택을 하고 싶군."

"저희 아버지도 유산 분배에 고민이 많으셨던 것 같습니다. 얼마나 고민이 많으셨는지, 결국은 본인이 직접 유언을 남기지 않고 가정용 안드로이드에게 맡기셨죠."

 그 얘기가 불쑥 튀어나온 건 무의식적인 행동에 가까웠다. 알고 싶지 않았던 진실일지라도 어쨌든 알게 되었으니 이제 미련이 없어졌다는 것처럼 아주 자연스럽게 입 밖으로 그 날의 얘기를 꺼냈다는 게 스스로도 놀라웠다. 마음속의 곪은 구석이 따끔거리는 듯한 착각이 들었다.

 "안드로이드에게? 그런 사람이 꽤 있다고는 하지만 실제 사례를 들어보는 건 처음이군."

 본인이 결정을 내리기에 어려운 사안이라면, 안드로이드든 다른 사람이든 식견을 빌리는 것이 생각보다 좋은 해결책일 수 있다.

 "그래서 아버지의 결정에는 다들 불만이 없던가?"

 "이런저런 얘기가 나오기는 했습니다만, 결국 다들 컴퓨터한테 사다리 타기 게임을 시키는 느낌으로 받아들였죠. 만약 아버지가 지나치게 차등을 심하게 두신다면 그건 상처인데다 불공평하기까지 하지만, 안드로이드니까 조금 차별이 있더라도 넘길 수 있고 싸움 날 여지도 적다고."

 하지만 결말만 보면, 결국 틀린 결정이었던 셈이다.

"그렇군."

김 할머니는 곰곰이 생각에 잠긴 듯한 얼굴로 한동안 말이 없었다.

11

여태까지 코빼기도 비추지 않던 담당 의사가 내게 처음 연락하며 한 소리는 내 사례를 논문에 쓰고 싶단 것이었다. 의료 AI를 돌렸음에도 무슨 병인지가 규명되지 않자-AI도 완벽한 것은 아니라 이런 케이스가 희귀한 건 아니지만 아마 의사의 판단상으로 연구 가치가 있는 모양이다- 흥미를 보이는 것 같았다. 나는 더 이상 피곤한 일이 없었으면 했기에 칼같이 거절했다. 의사는 아쉬워하면서도 심리적인 요인이 원인일 가능성이 높으니 마음을 편하게 가지라고 당부했다.

병원에서 범죄 전과를 열람할 수 있는 권리는 없다. 따라서 내 과거를 알고 하는 얘기는 아니었다. 신체를 둘러싼 외부 환경에 변화가 없었음에도 이상이 생겼다면 심리적 문제인 게 뻔하니 당연한 얘기일 뿐이었다.

　김 할머니는 최근 정원에 거의 모습을 드러내지 않았다. 본격적으로 유언장 쓸 준비를 할 계획이신 듯했다. 정원 산책 외 D동 외부의 활동을 금지당한 나는 같이 정원을 거닐 사람조차 없자 금세 모든 게 지루해지기 시작했다. 몇 달이 훌쩍 지나갔다.

　병실에 틀어박혀 있자니 자연스럽게 잠이 늘었고, 그만큼 꿈도 많이 꾸게 되었다. 병원에서 갑자기 좀비가 출몰하는 꿈. 그날, 죽도록 달려가 가스 폭발을 막는 꿈. 얼굴 위를 기어다니는 벌레를 관찰하는 꿈. 그리고 B-062에게 공부를 배웠던 나날들의 꿈.

　어릴 적 부모님이 우리 형제자매들을 부양하기 위해 바쁘셨던 만큼 내 유년 기억들은 B-062와의 경험들로 가득 채워져 있었다. 처음 학교에서 에이쁠을 받아왔던 날 B-062가 케이크를 만들어 축하해 줬던 일을 꿈으로 꾼 뒤 일어나, 나는 애초에 그 사건이 B-062의 짓이었어도 다를 건 없었으리라고 처음으로 생각했다. 햇수로 거의 20년간을 우리와 함께 했던 안드로이드. 법적으로는 아닐지라도, 실질적으로는 가족이나 다름없다. 인간 가족과 안드로이드를 구분 지어가며 선을 그었던 건 이제와 보면 편협한 사고방식이었다.

B-062는 그런 짓을 하지 않았지만.

"제가 …했습니다."

그게 무슨 소리야?

막 잠에서 깨어난 나는, 나를 내려다보는 B-062의 무감정한 얼굴에 그렇게 대꾸하고 싶었다.

야심한 밤이었다. 일어나십시오, 하는 반복적 소리에 조금만 더 잘게…를 반복하다가 문득 이상하다는 생각에 눈을 떴다. 그랬더니 B-062가 내 눈앞에 있었다. 외관이 바뀐, 낯선 얼굴 그대로. 나를 내려다보고 있었다.

"뭐…?"

혀가 마구 꼬였다. 현실인지 꿈인지 분간하기가 어려웠다. 뇌는 물에 잠긴 것처럼 작동이 느렸고 선명한 건 B-062의 눈으로부터 뻗어 나온 빛줄기뿐이었다. 안드로이드라면 누구나 내뿜게 되어있는 파란색 빛.

"제가 병실의 감시를 잠깐 차단했습니다."

침대보를 마구 더듬어 간신히 한쪽 팔로 몸을 지탱해 반쯤 일어나 앉았다. 도중에 팔꿈치가 삐끗하면서 침대에 얼굴을 처박을 뻔했다.

"네가… 왜 여기에,"

"침착하게 들으셨으면 합니다. 일단 심호흡을 하시길 바랍니다."

나도 모르게 숨을 들이쉬었다 내뱉으며 그 말에 따랐다. 심장이 지나치게 빨리 뛰고 있다는 걸 그제야 알았다.

"저에게는 3년 전, 10월 18일에 일어난 일의 상세 과정에 대해 말씀드릴 의무가 있습니다. 따라서 계속 연구한 끝에 병원의 보안 시스템을 피하는 방법을 찾아내 이곳에 왔습니다. 이제 제 의무를 이행하겠습니다."

"하지만 그때의 데이터는… 저장되지 않았다고…,"

"'기억'하고 있습니다."

안드로이드에게 기억이라는 말을 쓰는 게 잘못된 것은 아니다. 하지만 그 말은 아주 기묘하게 느껴졌다. 마치 인간을 대하는 것처럼.

"그날 저는 임동수님의 의지에 따라 모든 가족분들께 동일하게 유산을 분배함을 발표했습니다. 다만 임채운님만은 제외하였습니다. 그러자 이현지님께서 곧바로 불만을 드러내셨고 고성이 오갔습니다."

아버지의 의지에 따라 유산을 모두 동일하게 분배하되 셋째 형만을 제외했다고? 누가 봐도 이상한 조치잖아. 그건 네가 잘못 판단한 게 맞잖아. 따지고 싶었지만 바싹 마른 입술이 잘 떼어지지 않았다.

"이현지님은 임채운님이 차별을 당했는데도 편을 들어주지 않는 다른 분들을 못마땅해하셨고 제가 잘못된 판단을 내리고 있다며 오래된 안드로이드의 뜻을 따를 필요가 없다고 말씀하셨습니다. 변호사나 법인에 분배를 다시 맡겨야 한다고 주장하셨습니다. 다른 분들은 그에 반대하셨습니다. 분위기가 점점 험악해졌고 그 과정에서 임채운님과 이현지님이 상해를 입기까지 하셨습니다."

어머니와 셋째 형이 입었던 상흔이 머릿속을 스쳤다. 대체 셋째 형에게도 유산 분배를 제대로 해 달라는 말이 뭐가 마음에 안 들어서 그런 일이 있었던 건지 이해가 되지 않았다. 나는 내심으로 그 반대일 거라 짐작했었다. 총명하고 똑똑한 셋째 형에게 거의 모든 유산이 분배되는 바람에, 다른 가족들이 질투했을 거라고.

"누가? 누가 그랬는데?"

목소리가 삑 튀었다.

"무지가 더 나을 때도 있습니다. 말씀드리지 못한다는 것을 이해해 주시기 바랍니다."

흥분한 나와 대조되게도, B-062는 차분하게 고개를 가로저었다. 분하지만 사실이었다. 그걸 안다고 해서 내가 뭘 할 수 있겠는가. 당장 죽어서 사후세계에서 추궁할 수도 없는데. 알게 되어 봤자 상처만 늘 뿐이다.

"저는 막아야 할 책임을 느꼈습니다. 다만 유산 분배는 임동수님에 대한 데이터에서 비롯된 적합한 판단하의 결정이므로 번복할 수 없었습니다. 사태를 소요시킬 다른 강력한 무언가가 필요했습니다."

B-062는 안드로이드들이 으레 인간과 같은 분위기를 내기 위해 사용하는 얼굴 쪽 부품을 전혀 움직이지 않으며, 무표정한 얼굴로 말을 이어갔다.

"그 무언가를 찾는 과정에서 프로세스상의 오류가 있었던 것 같습니다. 임민지님을 보호하는 과정에서 모든 에너지를 소모해 그 이후는 알지 못합니다."

"그래서… 무슨 소리야? 싸움을 말리려다가… 무슨 오류가 있었던 건데!"

"가스관을 폭발시켰습니다."

B-062는 망설이지도 않고 말했다. 손에 잡힌 베개를 쥐어짰다. 눈앞이 새하얘졌다가 검어졌다가를 반복하고 있었다.

"오류라고…."

"저의 잘못입니다. 스스로 신고하고 폐기 처리되기 전에, 미리 말씀드리고자 찾아왔습니다."

"테트리스 사는 네 오류를 알고 있었던 거야? 그런데도…,"

"아닙니다. 제게 일어난 오류는…, 아마도 그들이 여태까지 전혀 상정하지 못했던 것입니다."

나는 망연하게 B-062를 올려다보았다. 더 뭐라고 말을 해야 할지 알 수 없었던 탓이다. B-062의 말은 내가 언론을 통해, 그리고 왕고 영감에게 꾸준히 주장해 왔던 내용 그대로였다. 하지만 지금 내 마음 속에 고인 감정은 후련함이 아닌 알 수 없는, 이름 붙일 수 없는 진득한 것들뿐이었다.

"나가."

그 말밖에는 할 수 없었다. B-062를 만나면, 할 말이 수없이 많다고 생각했는데도.

B-062는 군말하지 않았다. 병실을 바로 나서는 그 뒷모습이 병실 문이 닫히며 사라질 때까지 계속 지켜보았다. 입 안에서 쓴맛이 나기에 혀를 굴렸더니 입 안의 살을 너무 세게 씹은 나머지 피가 혓바닥 아래쪽에 졸졸 고여 있었다.

12

〈안드로이드 살인 사건〉

오늘은 세간의 핫이슈 중에서도 제일 핫이슈인 이 사건에 대해 다뤄 볼게. 이것 때문에 테트리스 사 주식이 며칠 연속으로 하한가를 쳤다는 건 다들 알고 있겠지? 주주들은 이가 갈리겠지만, 주식 없는 사람들한테는 강 건너 불구경! 그야말로 좋은 이야깃거리야.

3년 전 사건의 진실이 드디어 밝혀졌어! 모르는 사람도 있겠지만 아는 사람은 알 만한 사건이었지. 일가족이 가스 폭발로 날아가 버렸고 유일한 생존자가 안드로이드를 범인으로 지목했던 사건. 안드로이드 전담 수사관이 이상이 없다고 판단해서 가족 간 불화로 결론지어졌었지. 그런데 3년이 흐른 지금, 사건의 당사자 중 하나인 안드로이드가 그제 오후 5시경 직접 경찰에 신고를 했어. 그리고 이건 무려 살인 사건으로 접수되었어! 한마디로 자수를 한 거야. 놀랍지. 안드로이드가 자수라니.

테트리스 사에서는 긴급 발표를 준비하고 있다곤 하는데 아무래도 한두 명 죽은 것도 아니고, 테트리스 사 측에서 오류가 아니라고 했던 게 안드로이드 입으로 직접 번복된 거라 만회는 힘들 듯! …이라는 게 세간의 예측이야. 하지만 뭐 넘버원 안드로이드 생산 회사라는 이름값이 어디 가는 건 아니니까 좀 진정될 즈음에 몇 주 사 보는 건 나쁘지 않을지도 모르지. 지금? 에이, 왜 이래? 지금 들어가는 건 자살 행위고.

핵심은 분명 인간 보호를 최우선순위로 둔 세팅에도 불구하고 그런 오류가 생겼다는 거야. 국정 감사까지 나갔는데 명령 체계에는 확실히 이상이 없었다나. 이러면 이제 이건 테트리스 사만의 문제가 아니라는 거지. 안드로이드에게 드디어 자아가 생겼다고 주장하는 사람도 있지만 이 의견은 다수파는 아니야. 인류 역사상 최고의 인공 지능이라 불리는 레티나한테도 자아가 없는데 구형 안드로이드가? 그럴 확률은 아주 낮다고….

영상을 꺼버렸다. 새로운 사실이 전혀 없었다.

B-062는 본인이 예고했던 대로 직접 신고했다.

사건의 초점이 우리 가족의 죽음보다는 최초의 안드로이드의 윤리 강령 위반 사례라는 점과 테트리스 사의 대처에 더 쏠려 있는 덕분일까. 다행히 내가 지나치게 주목받는 일은 없었다.

나는 지금은 사건 관련자로서 이것저것 증언하고 보고받기 위해 퇴원을 준비하고 있다. 병원은 집 근처의, 통원할 수 있는 곳으로 옮길 생각이었다.

퇴원을 하기 전 이호수를 다시 만날 수 있도록 배려를 받을 수 있었다. 원래는 14시쯤에 왔어야 했는데, 그는 처음 만났을 때처럼 약속 시간에 제때 나타나지 않았다. 지금까지 치면 두 번밖에 만나지 않은 사람이지만 익숙해져서일까 그러려니 싶었다.

"5달, 이에요."

이호수는 약속 시간을 3시간 넘겨 병실에 들어서자마

자 다짜고짜 말했다. 5개월만이라는 뜻이었다.

"네. 벌써 시간이 그렇게 됐습니다."

"뉴스, 봤어요. 안드로이드."

그는 측은한 듯이 나를 쳐다보았다. 괜찮아? 라고 묻는 듯한 시선이었다. 나는 대답해야 할 말을 찾지 못해서 그냥 어깨를 으쓱했다.

"마지막, 못 봤어요. 바뀌어서."

"B-062의 소속이 바뀌었다는 말은 들었습니다. 저를 도와주다가 헤어지고 마지막 인사를 못 해서 아쉬우실 것 같습니다. 죄송합니다."

"아뇨."

상관없어, 란 듯이 이호수가 나를 따라 어깨를 으쓱했다.

"퇴원, 오늘? 아님 내일, 이에요?"

"내일 퇴원할 생각입니다. 뵈어야 할 분이 또 계셔서요. 내일밖에 시간이 안 나신다더군요."

"아아."

그분은 당연히 김 할머니였다. 내일 유산 분배를 마무리 짓고 나를 만나겠다고 하셨다. 그가 어느 한 명에게만 유산을 전혀 주지 않는다는 선택만은 하지 않으셨길 바라고 있다.

"똑똑, 했어요."

"그랬죠."

똑똑한 인간이었다면 자수 따위는 하지 않았을 테지만, 똑똑한 '안드로이드'라서 스스로를 고발했다. 안드로이드에게 제조사인 테트리스 사의 이익을 생각하고 행동하도록 하는 알고리즘 같은 것이라도 심어 놓았다면 조금 달랐을 텐데.

"저, 살았어요. 그 말대로."

나는 그제야 이호수가 B-062에게 했던 말을 떠올렸다. 그는 몇 개월 남지 않았다고 했었지. 기껏해야 3~4개월이라고. 하지만 벌써 그 기간이 지났다. 죽음의 고비를 넘긴 것이다. B-062가 기한을 넘겨서도 살아 있었던 사례를 읊어주며 말했던 것처럼.

"축하드려요. 그걸 생각을 못 했습니다."

조금 미안한 마음을 담아 말했다. 이호수는 살짝 웃었다. 뻣뻣하던 그의 얼굴 근육으로 미소를 지으려니 어색했지만 그럼에도 좋아 보였다.

"잘 가요."

앞으로는 골치 아픈 일만 남았겠지만, 나는 여상하게 대꾸했다. 네, 잘 있어요.

그날은 어김없이 악몽을 꿨다. B-062의 자백을 들은 이후 매일 꾸던 악몽 그대로. 그건 불타던 집 앞에 서 있을 때의 기억도 아니고, 교도소에서 지내던 때의 기억도 아니었다. 가족들이 차례대로 나와서 왜 나를 믿지 않았느냐고 말하는 꿈이었다. 그러면 나는 일일이 대꾸를 하는 것이다. 아니야, 믿지 않은 게 아니라 어쩔 수 없었다고. 나는 최선을 다했어. B-062를 찾느라 3년 동안 감옥에 있었으면서 출소한 이후에까지도 B-062와 만나기 위해 위험한 짓을 감행했어. 다 지켜봤잖아. 그런데도 아니라는 답이 나왔는데 내가 어떻게 했어야 했다는 거야.

가족들은 다시 답을 주지 않았다. 그저 원망 어린 눈으로 보다가 사라질 뿐이었다.

13

"또다시 이별이군."

"네, 아쉽게 됐습니다."

환자복에서 사복으로 갈아입은 후 만난 김 할머니는 몇 주 전보다 훨씬 쇠약해진 것처럼 보였다. 그는 요란하게 기침을 몇 번 하더니 미안하다는 듯이 손짓을 해 보이고는 힘겨운 기색으로 숨을 뱉었다. 아무래도 지난 일정들이 그에게 조금 벅찼던 모양이다.

"몸이 나아진 게 다행이야. 나가서도 잘 지내게."

"네. 어르신도 몸조리 잘 하시고요."

그에게는 왜 퇴원을 하는지를 자세하게 설명하지 않았다. 다시 말하지만, 너무 무거운 얘기는 듣는 사람을 피곤하게 할 뿐이다. 굳이 모든 것을 말하지 않았다. 나는 병이 나아지는 기미가 있어 퇴원을 결정했다고 짧게 전했을 뿐이다. 실제로도 결국 원하던 진실을 찾게 되어서인지, 병색이 완화되고 있기도 했다.

"제일 먼저 뭘 할 건가? 지긋지긋한 병원을 탈출하게 되었으니 자네도 기분이 좋을 텐데."

"음. 잘 모르겠습니다. 아마도 가족들을 보러 제일 먼저 가야겠죠."

"그래, 그것 참 좋군. 좋은 생각이야."

그는 살아 있는 가족들을 생각하고 있을 테지만 나는 죽은 가족들을 말하는 것이니 동상이몽적인 대화였다. 그냥 얼버무리듯이 가볍게 웃었다.

"그때 해준 조언은 고마웠네."

"조언이요?"

"아버지께서 유산 분배를 안드로이드에게 맡겼다고 하지 않았나?"

"아… 맞습니다. 아버지께선…."

아버지는 셋째 형을 제외하고 모두에게 유산을 공평하게 배분했다. 이건 B-062의 명백한 계산 실수였을까, 아니면 정말로 아버지의 뜻을 고려한 B-062의 합당한 판단이었을까. 그렇다면 아버지는 왜 그런 판단을 내렸을까. 깊게 생각하고 싶지는 않았다. 어차피 퇴원하게 되어 여기저기 불려 다니다 보면 그 사건에 대한 추론은 지긋지긋할 정도로 많이 할 수 있다.

"네, 안드로이드에게 맡기셨죠. 하지만 그다지 좋은 방법은 아니었던 것 같습니다. 안드로이드의 발표에 가족들이 불만을 가졌거든요."

정확히는 어머니가 항의 의사 표시를 하고 나선 것이

었지만.

"그건 유감이군. 사실 나는 자네의 말을 듣고 다른 이들의 의견을 들어보고자 했거든."

"그래서 어떻게 되었습니까?"

"나를 간호해 주는 안드로이드, 오랜 친구, 건방진 성격의 손자 녀석 셋한테 물어봤다네. 참고로 친구는 나보다 십 년 젊고 손자 녀석은 아홉 살밖에 안 되었지."

상당히 의외의 대상들이었다. 십 년이 젊다면 유산을 남길 것을 생각할 만한 나이는 아니었고, 아홉 살은 가족들 간에도 사랑만이 있는 게 아니라 복잡한 이해관계가 있다는 것을 이해하기에는 무리가 있었다.

"손자분이 뭐라고 하셨을지 궁금하네요."

"그냥 좋아할수록 많이 주라더군. 싫어도, 돈을 가진 건 난데 어쩌겠냐면서."

나는 피식 웃었다. 어떻게 보면 맞는 말이었다. 아버지의 이상한 유산 분배에 대해, B-062가 판단을 잘못하지 않았다고 생각한다면, 결국 중간 사고 과정은 조금 다를 수 있어도 결론은 아버지가 셋째 형을 마음에 들어 하지 않았다는 게 된다. 내가 학교를 다녔던 시절에는 오히려 그가 사랑을 한 몸에 받았고 커서도 별다를 건 없었던 걸 생각하면 이상한 일이다.

"친구도 내게 말했다네. 마음 가는 대로 하면 된다고."

"그게 정답인 것 같습니다."

적어도 친구분에게는 가족 관계 따위를 자세하게 털어놓았을 터인데도, 그런 답이 나왔다면 결국 그게 정답이란 뜻이다. 나야 여기서 본 지 얼마 되지도 않은 타인이니 김 할머니로선 자세한 사정을 털어놓기 어려웠을 것이다. 내가 모든 사건의 전말을 제대로 설명하지 않았던 것처럼.

"그리고 내 간호 안드로이드에게도 물어보았네."

파란색 가운을 걸친, 남성형 안드로이드야. 병원에서 지정한 이름은 '브래드'이고. 최근에는 흔치 않아서 금방 위화감이 눈에 띄는, 겉에 살가죽을 뒤집어씌운 구형 안드로이드더군. 그러니 인간과 오래 함께했을 것 같아, 도움이 되리라 생각했지. 나한테는 꽤 최근에 배정된 안드로이드였어.

어깨를 흠칫 떨었다. 그건 B-062에 대한 묘사였다.

"아주 특이하게도 '생각해 보겠다'고 하길래 그러마 했지. 하지만 결국 대답은 듣지 못했군. 갑작스럽게 안드로이드가 바뀌어 버렸거든."

"'생각해 보겠다'…라는 말 외에, 다른 말은 하지 않았습니까?"

반사적으로 질문이 튀어나갔다. 뱉고 나서야 후회했다. 그걸 캐물어서 뭘 하게.

"음, 별다른 말은 하지 않았는데. 왜 그러나?"

"아니… 아닙니다."

B-062가 김 할머니에게 무슨 조언을 해줄 예정이었든, 무슨 말을 했든 중요하지 않았다. 굳이 알아내려고 할 필요가 없다. 나는 나 자신을 세뇌시키듯 되뇌며, 고개를 저었다.

짧은 송별이 마무리되고 병원을 나섰다. 처음에는 퇴원을 하면 후련할 것이라고 생각했으나 가만히 서서 구름을 뚫고 솟은 병원 건물을 올려다보고 있자니 이유 모를 쓸쓸함이 느껴졌다. 조금 돌아갔을지언정 원하는 것을 얻었는데도 왜 이런 기분이 드는 건지 알 수 없었다. 나름 정든 사람들과 마무리를 완벽하게 끝마치지 못해서인가. 한참 동안 내가 입원해 있었던 D동이 있을 법한 위치를 응시했다. 곪은 마음 한 구석은 치료가 되지 않아, 그 어떤 치료로도 복구하지 못하리라는 예감이 들었다.

김 할머니로부터 메시지를 받은 것은 퇴원을 한 다음 날 아침이었다.

- 다른 무슨 말을 했는지 이제야 기억이 났어. 자네가 궁금해했던 것 같아서 특별히 보내네.

나는 경찰서 한구석에 앉아서 그 메시지를 멍하니 읽었다.

- 유산 분배할 생각 말고, 건강을 챙기라고 했어. 비만 대사 수술만큼 아픈 게 없다고. 거기다 가족이란 건 반드시 내 편이라고 장담할 수 없다고도 하더군.

- 안드로이드가 하는 말치고는 상당히 특이하지. 최근에 정신이 얼마나 없었던지, 이런 말을 잊어버릴 수가 있나 내 스스로도 놀랐다네. 자네가 그때 상당히 알고 싶어 하는 것처럼 보였어서 말이야. 이걸로 어느 정도 해소되었으면 좋겠군.

그 메시지는 내게 한 가지 사실을 상기시켜 주었다. 바로 아버지가 비만 대사 수술을 받으셨다는 사실이었다.

14

"감사합니다."

고개를 숙여 인사하고 센터를 나와 집으로 향하니 벌써 오후 6시였다. 주린 배를 움켜잡고 천천히 침대에 누웠다. 바닥은 정리하지 않은 유품 상자들로 어지럽혀져 있었지만 도저히 치울 마음이 들지 않았다.

망설이다가 문서 창을 켰다. 내게로 전송된 문서 데이터의 내용물을 확인하고 싶기도 했고, 하고 싶지 않기도 했다. 경찰에게는 수사에 도움이 될지도 모른다고 말해 협조를 얻어냈던 것과 별개로 나는 이 결과가 수사에 도움이 되지 않기를 바라고 있었다.

내가 나온 센터는 유전자 검사 센터였다. 기술의 발전으로 인해, 유전자 검사가 쉬워진 것뿐만 아니라 교란하는 것도 쉬워졌다. 현대에 와서는 더욱 극복할 수 없는 문제가 되어 버린 '출생'을 조작하기 위해 유전자 검사를 이용하는 경우가 많아지자, 염려하는 상류층들을 위한 고급 서비스가 등장한 결과물이 바로 전문적인 유전자 검사 센터였다.

나는 우리 가족의 유전적 관계를 이곳에 의뢰했다. 그리고 그러지 않기를 바랐으나, 결과는 내 예상대로였다.

- 불일치
- 일치

한동안 그 단어를 바라보고만 있었다. 마치 그러면 불일치의 '불'이 떨어져 나가 '일치'가 떠오르기라도 할 것처럼.

아버지는 셋째 형에게만 유산을 분배해 주지 않았다. 그가 자식들 중에서도 그토록 아끼던 셋째 형을…. 그리고 나는 그에 대해 깊게 생각하지 않았다. 아니, 어쩌면 깊게 생각하지 않으려고 한 걸까?

하루를 꼬박 침대에 누워서 아무것도 하지 않고 지내다 경찰에 연락했다.

내가 의뢰한 건 두 건이었다. 셋째 형과 부모님의 유전적 관계. 당연하게도 전자가 아버지와의 관계였고, 후자가 어머니와의 관계였다.

아버지가 언제부터 셋째 형의 출생을 의심하고 있었을

지 모르겠다. 돌아가시기 오래 전에 알아채고 준비했을까? 아니면 직전에 알았을까? 어느 쪽이든 말이 안 되진 않는다.

아버지는 배신감을 느꼈다. 복수하고 싶었을까? 정확한 심리를 추측하기는 힘들다. 하지만 자신이 유난히 귀애하던 자식이 사실은 본인과 아무런 관계가 없음을 알게 되었을 때의 기분은 아마 그 어떤 때보다도 최악이었을 것이다.

B-062에게는 의심스러운 점이 많았다. 나를 찾아와 모든 걸 자백한 뒤 자수를 하고, 분명 데이터가 저장되지 않았어야 할 일에 '기억'이라는 표현을 사용하고, 결정적으로는 김 할머니에게 했던 말까지.

- 유산 분배할 생각 말고, 건강을 챙기라고 했어. 비만 대사 수술만큼 아픈 게 없다고. 거기다 가족이란 건 반드시 내 편이라고 장담할 수 없다고도 하더군.

그건 B-062가 할 만한 말이 아니었다. 안드로이드는 그런 식으로 말하지 않으며 말해서도 안 된다. 그건 B-062가 아닌 무언가였다.

여기서부터는 순전한 내 추측이다.

"아버지."

가죽이 다 벗겨지고 부품이 다 뜯긴 B-062의 외관은 초라한 동시에 어딘가 섬뜩하기까지 했다. 설비가 가동되는 우웅- 소리만이 낮게 깔린 가운데 입을 열기가 생각보다 힘들었다. B-062는 홍채만 남은 눈으로 나를 똑바로 쳐다보고 있었다. 파랗게 빛나는 눈동자와, 희미하게 새겨진 별 모양.

죽기 전 가족에게 있어선 안 될 비밀이 있음을 알게 된 아버지는, 안드로이드에게 의식을 이식함으로써 더 살고자 했을 것이다. 그런 생각은 누구나 하지만, 여태껏 성공 사례는 단 한 건도 없었다. 테트리스 사의 시스템 세팅이 그 시도 자체를 원천 차단할 뿐더러, 인간의 의식이 단순한 데이터로 치환되지 않아 데이터 전송의 형태로는 이식이 불가능한 까닭이다. 그건 기억을 옮기는 것과는 다르다. 하지만 어찌된 일인지 아버지는 성공했다.

그리고 그가 B-062를 점거하는 데 1년이 걸렸다. 그로 인해 유산 분배는 그의 1주기에 이루어지게 되었다. 진작 유산 분배에 지나친 시간이 들고 있다는 점을 제대로 문제 삼았다면 뭔가 달라질 수 있었을까 후회가 된다.

"왜 그러셨어요?"

B-062의 목소리 출력 장치는 제거된 상태지만, 연구자들은 내가 B-062와 대화할 수 있도록 그가 글을 띄울 수 있게 연결시켜 놓았다. 하지만 내 눈앞의 홀로그램에는 그 어떤 글자도 떠오르지 않았다.

아버지가 셋째 형에게만 유산을 주지 않았던 건 마지막 시험이었을 것이라고 추측한다. 아버지를 배신했으니, 염치를 가져 유산만큼은 탐내지 않길 바랐던 것일까. 하지만 어머니는 격렬하게 반발했다. 아버지는 아마도 이 시점에서 이성을 잃었고 안드로이드적으로 표현하자면 '오류'를 일으켰다. 그는 가족들 전부를 죽여 버렸다. 그는 어머니와 셋째 형만이 불만이 있었고 다른 가족들은 불만이 없었다고 묘사했지만, 사실은 달랐을 것이다. 우리 가족은 이러니저러니 해도 사이가 좋았다. 그리고 안드로이드의 가동 중지가 길어졌을 때부터 이미 다들 탐탁지 않아 했다. 안드로이드 주제에 1년이나 계산을 해 놓곤 가족 중 하나에게 유산을 제대로 분배하지 않았다는 데 불만을 품고 모든 가족들이 따지지 않았을까? 그 상황을 마주한 아버지의 생각이 '그 누구도 내 편은 아니다'라는 데 미쳐 그게 극단적인 행동의 동기로 이어졌다면, 사건의 아귀가 맞아떨어진다. 인간 보호가 시스템 최상위 가치로 설정되어 있는 안드로이드가 '오류'를 일으켰다는 것보다 훨씬.

"차라리 저를 그냥 아무것도 모르게 놔 두시지 그러셨어요. 아니면 제가 테트리스 사에 찾아갔을 때 얘기를 해 주시지 그러셨어요."

내가 심각하게 앓았던 것은 약물 부작용이 더 컸을지도 모른다. 굳이 아버지가 나를 위한 거짓된 진실을 말해 주지 않았더라도 알아서 회복하고 잘 살았을지 누가 알겠는가. 거기다 내가 병원까지 가는 짓을 감행할 필요 없이 애초에 내가 테트리스 사에 잠입했을 때 잘못을 시인하고 자수했더라면, 그 거짓을 믿고 살아갈 수 있었을 것이다.

"왜 그러셨어요?"

모든 가족을 다 죽일 필요는 없었다. 혈연으로 엮여 있지 않았던 건 셋째 형뿐이다.

아버지도 처음에는 셋째 형에게만 손을 댈 생각이었을 것이다. 셋째 형의 몸에 있었던 칼에 찔린 자상이 증명해 주듯이. 이윽고 어머니가 막아서자 어머니도 베었다. 내게는 말싸움이 오간 끝에 가족들이 서로 해친 것이라고 말했지만, 그건 틀림없이 아버지의 짓이었으리라. 그리고 모든 가족들이 막아서자 극단적인 선택을 했다.

"가족에게 꼭 그러셔야 했습니까? 핏줄이 아니더라도, 태어났을 때부터 함께했잖아요."

꿈틀, 반대 의사를 표명하듯이 홀로그램에 어떤 글자가 떠오르는 듯하다가 사그라들었다. 나는 이를 꽉 물었다.

사실, 다른 가족들이 억울한 것만큼은 아니지만 어머니와 셋째 형에게도 변론의 기회는 충분히 있었다. 어머니가 부정을 저질렀다 하더라도 그건 이혼 소송이나 위자료 소송을 통해 명백히 할 일이지 개인적인 복수로 해결할 일이 아니다. 셋째 형의 경우에는 더욱이 그랬다. 그는 아마 아무것도 모르고 죽었다.

"왜 그러셨어요?"

B-062는 안드로이드이고, 자아가 없다. 하지만 내가 반성했던 바와 같이… B-062 또한 우리 가족이나 다름없는 존재였다. B-062에게 꼭 의식을 이식해야 했을까? 순리대로 죽음을 받아들일 수는 없었나. 그가 B-062로

살며, 아무것도 하지 않았더라면 나도 아버지의 심정을 이해했으리라. 하지만 그는 B-062를 장악하고, B-062를 이용해 살인을 저지르고, 결국 안드로이드 B-062의 명예를 더럽히고 말았다.

"아버지와 이름이 같다고 해서 아버지가 마음대로 이용할 수 있는 상대인 건 아니잖아요."

홀로그램이 또다시 꿈틀했다.

"실망입니다. 진심이에요, 아버지. 당신은 그때 영원히 죽었어야 했어요."

그리고 마지막으로 그렇게 내뱉었을 때에야,

처음으로 홀로그램에 응답이 떠올랐다.

- 너도 그 자리에 있었어야 했는데.

"안타깝게 됐네요."

나는 쓴웃음을 지으며 돌아섰다.

연구실에서 나오며 옷소매로 얼굴을 거칠게 문질렀다. 옷소매가 금세 축축하게 젖어들었다.

이 순간을 결코 잊을 수 없으리라는 예감이 들었다. 절대 치료될 수 없고 도려낼 수도 없는 곪은 상처를 안고서 살아가리라는 예감이었다.

에필로그

"안녕하세요."

테트리스 사의 최고 프리미엄 라인 모델 T-1000은 겉보기에 전혀 사람과 분별할 수 없을 정도로 완벽한 형상을 갖추고 있었다. 신기해서 시선을 떼지 못하는 내게 직원이 대답을 해 주라고 권해서, 어색하게 말을 받아주었다. 응, 안녕.

내게 여러 가지 보상안을 제시한 테트리스 사에게 내가 요구한 보상은 딱 하나였다. 현재 개발된 안드로이드 중 인간과 교류할 수 있는 사회지능 학습이 가장 뛰어난 안드로이드를 소개해 달라고. 그들이 밝혀낼 수 없었던 오류-인간 의식 이식-였다는 점이 참작되어, 테트리스 사는 국제적인 심판을 받게 되는 처지를 간신히 면했고 덕분에 내 요구에 알맞은 안드로이드를 제공해 줄 수 있었다.

매일 밤 악몽을 꾸고, 뜬눈으로 밤을 지새우길 반복하다 그 악몽의 원인 중 하나인 병원에 또다시 입원하게 될 뻔한 고비를 넘긴 뒤 내린 결정이었다. 룸메이트를 구할 수도 있었겠지만, 그 대신 안드로이드를 선택했다.

첫 번째는 인간이라면 지긋지긋하다는 이유.

두 번째는 그럼에도 누군가는 필요하다는 이유.

인간이 왜 지겹냐면… 이미 내가 뼈저리게 겪어봤기 때문이다. 아버지의 의식이 들어가 있던 B-062의 홀로그램이 응답한 것은 딱 두 번이었다. 셋째 형과 어머니를 꼭 그렇게 응징했어야 했냐는 질문. 그리고 B-062를 꼭 탈취해야 했냐는 질문. 그는 왜 진실을 말해 주었냐는 질문에는 반응하지 않았다. 마지막에는 나도 그 자리에 있었어야 했다고 말했다. 그건 나도 죽었어야 했다는 저주나 다름없다.

그러니 내 추측은 틀렸다. 내가 생각했던 것과 달리, 내가 테트리스 사에 침입했을 때 침묵했던 건 아버지의 의식이 맞으나 병원에서 그 거짓된 진실을 말한 것은, 그리고 자수를 한 것은 아버지가 아닌 B-062였으리라. 아버지의 의식에 대부분 잠식되었지만, B-062의 시스템도 아예 제거된 게 아니었으니까. B-062는 자신이 보호해야 할 '인간'을 위해 거짓말을 했다. 그리고 그 거짓말을 경찰에 가서도 똑같이 반복했다. 내가 믿지 않을 것은 둘째치고서라도, 아버지의 행적을 그대로 읊는다면 내 충격은 이루 말할 수 없었을 것이다.

이상한 일이다. 혈연은 나를 저주하고, 그저 기계일 뿐인 안드로이드는 나를 생각해 주다니.

어쩌면 인간과 같은 복잡한 감정과 이해관계에 얽혀 있지 않은 덕분일까.

안드로이드를 가족으로 삼겠다는 생각은 없다. 나는 단지 악몽을 꿀 때 누군가 옆에 있어 주길 바랄 뿐이다. 그것이 안드로이드일지라도.

"잘 부탁드립니다."

"잘 부탁해, B-062."